O ROMANCE DE Tristão e Isolda

Título original: *Le Roman de Tristan et Iseut*
Copyright © Editora Lafonte Ltda. 2021

Todos os direitos reservados.
Nenhuma parte deste livro pode ser reproduzida por quaisquer meios existentes sem autorização por escrito dos editores e detentores dos direitos.

Direção Editorial Ethel Santaella

REALIZAÇÃO

GrandeUrsa Comunicação

Direção Denise Gianoglio
Tradução Otavio Albano
Revisão Valéria Thomé
Capa, Projeto Gráfico e Diagramação Idée Arte e Comunicação
Ilustração de capa Montagem com desenho de Rogelio de Egusquiza - 1896

Dados Internacionais de Catalogação na Publicação (CIP)
(Câmara Brasileira do Livro, SP, Brasil)

Bédier, Joseph, 1864-1938
  O romance de Tristão e Isolda / Joseph Bédier ; tradução Otavio Albano. -- 1. ed. -- São Paulo : Lafonte, 2021.

  Título original: Le roman de Tristan et Iseut
  ISBN 978-65-5870-145-3

  1. Isolda (Personagem lendário) - Romances de cavalaria 2. Romance francês 3. Tristão (Personagem lendário) - Romances de cavalaria I. Título.

21-74310   CDD-843

Índices para catálogo sistemático:

1. Romances : Literatura francesa 843

Maria Alice Ferreira - Bibliotecária - CRB-8/7964

Editora Lafonte
Av. Profª Ida Kolb, 551, Casa Verde, CEP 02518-000, São Paulo-SP, Brasil
Tel.: (+55) 11 3855-2100, CEP 02518-000, São Paulo-SP, Brasil
Atendimento ao leitor (+55) 11 3855- 2216 / 11 3855 - 2213 - atendimento@editoralafonte.com.br
Venda de livros avulsos (+55) 11 3855- 2216 - vendas@editoralafonte.com.br
Venda de livros no atacado (+55) 11 3855-2275 - atacado@escala.com.br

Joseph Bédier

O ROMANCE DE Tristão e Isolda

Tradução
Otavio Albano

Brasil, 2021

Lafonte

SUMÁRIO

	Prefácio	9
I.	As infâncias de Tristão	21
II.	O Morholt da Irlanda	31
III.	Em busca da bela dos cabelos de ouro	41
IV.	O filtro	55
V.	Brangien entregue aos servos	61
VI.	O grande pinheiro	67
VII.	O anão Frocin	77
VIII.	O salto da capela	85
IX.	A floresta do Morois	95
X.	O eremita Ogrin	107
XI.	O vau arriscado	115
XII.	O julgamento pelo ferro em brasa	125
XIII.	A voz do rouxinol	133
XIV.	O guizo maravilhoso	141
XV.	Isolda de brancas mãos	147
XVI.	Kaherdin	157
XVII.	Dinas de Lidan	165
XVIII.	Tristão louco	175
XIX.	A morte	189

*Ao meu caro du Tertre,
homenagem filial.*
Joseph Bédier

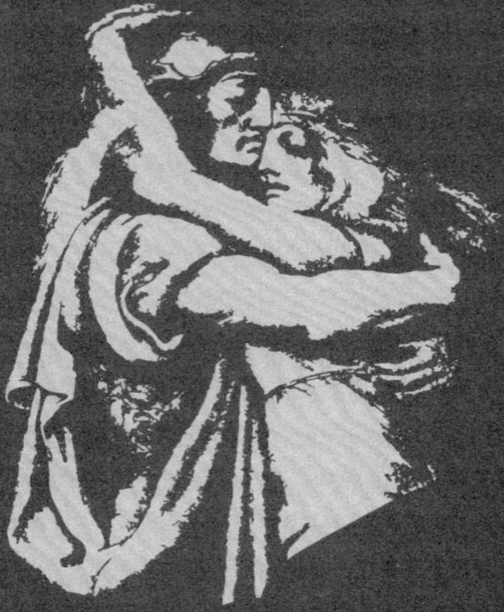

PREFÁCIO

Tenho o prazer de apresentar aos leitores o mais recente dos poemas a que a admirável lenda de Tristão e Isolda deu origem. Na verdade, trata-se de um poema, embora seja escrito em uma prosa bela e simples. O senhor J. Bédier é o digno sucessor dos antigos descobridores que tentaram verter, no claro cristal de nossa língua, a bebida inebriante por meio da qual os amantes da Cornualha há muito tempo provaram o amor e a morte. Para recontar a maravilhosa história de seu encantamento, suas alegrias, suas tristezas e sua morte da mesma maneira que, emergindo das profundezas do sonho celta, ela arrebatara e perturbara a alma dos franceses do século XII, ele reconstituiu, usando-se de cativante imaginação e paciente erudição, essa mesma alma, ainda pouco desvendada, completamente estranha a essas emoções desconhecidas, deixando-se invadir por elas sem a preocupação de analisá-las e, adaptando, sem grandes êxitos, a própria história que encantava dentro de sua existência habitual. Se nos tivesse chegado uma versão francesa completa da lenda, o senhor Bédier, a fim de torná-la conhecida dos leitores contemporâneos, teria se limitado a fornecer-lhes uma tradução fiel. O destino ímpar, que quis que nos chegasse apenas em fragmentos esparsos, obrigou-o a assumir um papel mais ativo, para o qual já não bastava ser um erudito, mas também se fazia necessário ser um poeta. Dos romances de Tristão cuja existência conhecemos, e que deveriam ser bastante extensos, os de Chrétien de Troyes[1] e de La Chèvre[2] pereceram por completo; dos de Béroul[3], restam-nos cerca de três mil versos; o mesmo tanto de Tomás[4]; de outro autor, anônimo, de quem perduram mil e quinhentos versos. Além disso, são traduções estrangeiras, três das quais nos oferecem um conteúdo bastante completo, mas, pecando na forma, da obra de Tomás. E a outra nos apresenta um poema muito semelhante ao de Béroul; alusões às vezes preciosas; pequenos poemas episódicos e, por fim, o indigesto romance em prosa, em que foram conservados, em meio a uma confusão incessantemente ampliada por sucessivos editores, alguns fragmentos de antigos poemas perdidos. O que fazer na presença dessa pilha de escombros, para restaurar um dos edifícios arruinados? Havia dois caminhos a percorrer: aderir a Tomás ou a Béroul. A primeira opção tinha a vantagem de chegar com segurança, graças às traduções estrangeiras, à restituição de um relato completo e homogêneo. Tinha o inconveniente de restaurar apenas o mais recente dos poemas de Tristão, aquele em que

---

1 Chrétien de Troyes (c.1135-c.1191) – poeta e trovador francês. (N. do T.)
2 Simon Chèvre d'Or (s.d.) – poeta francês do século XII, cuja obra foi escrita em latim. (N. do T.)
3 Béroul – poeta da Normandia (região da atual França) ativo na segunda metade do século XII. É conhecido por ter escrito uma das primeiras versões do romance de Tristão, parte da lenda de Tristão e Isolda. (N. do T.)
4 Tomás da Inglaterra foi um poeta anglo-normando do século XII. Sua única obra conhecida é o poema *Tristão*, uma das primeiras transcrições conhecidas, juntamente com a versão de Béroul da lenda de Tristão e Isolda. (N. do T.)

o antigo elemento bárbaro fora completamente assimilado ao espírito e às obras da sociedade cavalheiresca anglo-francesa. O senhor Bédier preferiu a segunda opção, muito mais difícil e, por isso mesmo, mais sedutora para sua arte e seus conhecimentos, além de mais adequada ao objetivo a que ele se propunha: reavivar a lenda de Tristão para os homens de hoje sob a forma mais antiga que ela adotara ou, pelo menos, que nos fora possível alcançar na França. Começou, então, a traduzir, o mais fielmente possível, o fragmento de Béroul que chegou até nós e que ocupa aproximadamente o centro da narrativa. Tendo assim se deixado imbuir do espírito do velho contador de histórias e assimilando sua maneira simples de pensar ao embaraço por vezes pueril de sua exposição e à graça um tanto desajeitada de seu estilo, ele refez tanto a cabeça quanto os membros daquele tronco – não por uma justaposição mecânica, mas por uma espécie de regeneração orgânica –, tal como podemos ver acontecer com certos animais, que, uma vez mutilados, recuperam, por meio de uma força interior, sua forma perfeita.

Como já sabemos, essas regenerações têm mais chance de sucesso à medida que seu organismo de origem for menos desenvolvido e definitivo. Foi exatamente o caso de Béroul. Ele mesmo assimilava elementos de diversas fontes, às vezes bastante díspares, o que não o chocava nem incomodava, em especial porque muitas vezes ele submetia tais elementos a uma espécie de acomodação, que bastava para lhes conferir uma homogeneidade superficial. Assim, o Béroul moderno foi capaz de fazer o mesmo, a menos se tivesse de acrescentar-lhes mais variedade e bom gosto. No fragmento anônimo que se segue ao excerto de Béroul, na tradução alemã de um poema próximo a ele, em Tomás e seus tradutores, nas alusões e nos poemas episódicos, no próprio romance em prosa, ele foi buscar meios para refazer, no fragmento conservado, um início, uma continuação e um fim, procurando sempre, dentre as múltiplas variações do conto, aquela que mais se adequava ao espírito e ao tom do original. Em seguida – e esse é o esforço mais engenhoso e delicado de sua arte – tentou dar a todas essas partes dispersas a forma e a cor que Béroul lhes teria dado. Eu poderia jurar que ele tinha escrito o poema inteiro em versos tão semelhantes quanto possíveis aos de Béroul, para depois traduzi-los para o francês moderno com tanto cuidado quanto fizera com os três mil versos preservados. Se o velho poeta voltasse à vida hoje e perguntasse o que acontecera com sua obra, ficaria surpreso ao ver com que devoção, com que inteligência, com que esforço e êxito ela fora retirada do abismo sobre o qual um único destroço flutuava e, reconstituída, tornara-se, sem sombra de dúvida, ainda mais completa, brilhante e viva do que a lançara antes.

Portanto, o livro do senhor Bédier contém um poema francês de meados do século XII, mas composto no final do século XIX. É dessa forma que se mostra conveniente apresentar a história de Tristão e Isolda aos leitores modernos, já que foi tomando o traje francês do século XII que ela, no passado, apoderou-se de toda a imaginação. Todas as formas que adotou desde então remontam a essa primeira forma francesa, uma vez que, inevitavelmente, vemos Tristão sob a armadura de um cavaleiro e Isolda no longo vestido aprumado das estátuas de nossas catedrais. Mas esse traje francês e cavalheiresco não é o traje primitivo; ele faz parte de nossos heróis tanto quanto os heróis da Grécia e de Roma igualmente fantasiados pela Idade Média. Podemos vê-lo em mais de um traço conservado pelos adaptadores. Béroul, em particular, que se orgulha de ter apagado alguns vestígios da barbárie primitiva, deixou que muitos deles sobrevivessem. O próprio

Tomás, observador mais atento das regras de cortesia, não deixa de revelar aqui e ali estranhas perspectivas sobre o verdadeiro caráter de seus heróis e do meio em que se movimentam. Ao combinar indicações muitas vezes bastante efêmeras dos narradores franceses, temos um vislumbre do que pode ter sido, entre os celtas, esse poema selvagem, inteiramente embalado pelo mar e envolvido pela floresta, cujo herói, mais semideus do que homem, era apresentado como o mestre e até mesmo o inventor de todas as artes bárbaras, matador de cervos e javalis, exímio mutilador de caças, lutador e acrobata incomparável, ousado navegador, hábil entre todos em fazer vibrar a harpa e a crota[5], sabendo imitar, a ponto de iludir-nos, o canto de todos os pássaros e, com isso, naturalmente invencível em combate, domador de monstros, protetor de seus seguidores, implacável com seus inimigos, levando uma vida quase sobre-humana, objeto constante de admiração, devoção e inveja. Esse tipo certamente formou-se há muito tempo no mundo celta: presume-se que fosse completado pelo amor. Não preciso repetir aqui qual é, na lenda de Tristão e Isolda, o caráter da paixão que os acorrenta e o que faz dessa lenda, em suas várias formas, a incomparável epopeia do amor. Recordarei apenas que a ideia de simbolizar o amor involuntário, irresistível e eterno por aquela bebida, cuja ação — e nisso diferindo dos filtros comuns — continua ao longo da vida e persiste mesmo após a morte, dando à história dos amantes seu caráter fatal e misterioso, evidentemente tem sua origem nas práticas da velha magia celta. Tampouco quero me deter nas características dos modos e sentimentos bárbaros que mencionei antes e que, a cada instante, têm

---

5 Instrumento de cordas medieval, originário da região do atual País de Gales. (N. do T.)

um efeito tão singular e tão poderoso na tranquila história dos narradores franceses. O senhor Bédier, naturalmente, reuniu-os com predileção, perfazendo, para completar a obra de Béroul, seu laborioso trabalho de mosaicista. Os leitores perceberão sem dificuldade, e sentirão, como a história que nossos poetas franceses do século XII contavam a seus contemporâneos era estranha ao ambiente em que a propagavam e ao qual tentavam em vão ajustá-la.

O que os atraía, na história de Tristão e Isolda, o que os levava a comprometer-se a tentar fazê-la entrar – apesar de todas as dificuldades e obscuridades que se lhes apresentava – na forma já consagrada dos poemas em versos octossilábicos, o que fez na verdade o sucesso de seu esforço e conferiu a esta história, logo que ficou conhecida no mundo romano-germânico, uma popularidade sem precedentes, é o espírito que a anima do começo ao fim, que circula em todos os seus episódios como o "beber amoroso" nas veias dos dois heróis: a ideia da fatalidade do amor, que o eleva acima de todas as leis. Encarnada nos dois seres de exceção, essa ideia, que responde ao sentimento secreto de tantos homens e tantas mulheres, apoderou-se de tal forma dos dois corações por estar aqui purificada pelo sofrimento e consagrada pela morte. Em meio à fragilidade comum dos afetos humanos, às renovadas decepções sofridas pela ilusão em constante mudança, o casal Tristão e Isolda, ligado desde o início por um vínculo misteriosamente indissolúvel, golpeado por todas as tempestades e a elas resistindo, tentando em vão se desprender e, por fim, levado num último e eterno abraço, aparecia e ainda aparece como uma das formas desse ideal que o homem não cansa de fazer pairar sobre a realidade e cujos aspectos múltiplos e opostos não passam de manifestações variadas de sua obstinada aspiração à felicidade. Se essa forma é uma das mais sedutoras e comoventes, também é uma das mais perigosas: no passado, a história de Tristão e Isolda verteu, não há a menor dúvida, em mais de uma alma, um veneno sutil e, ainda hoje, preparada pelo mágico moderno que lhe acrescentou o poder do encantamento musical, a bebida do amor certamente perturbou, e talvez tenha até mesmo posto a perder, mais de um coração. Mas não há ideal cujo encanto não tenha seus perigos e, ainda assim, não se pode privar a vida de um ideal sem condená-la ao tédio ou a um desolador desespero. É preciso saber, quando se passa diante das grutas das sereias, segurar-se firmemente amarrado ao mastro, sem abster-se de ouvir a melodia divina que faz com que os mortais vislumbrem prazeres sobre-humanos.

De resto, se toda a atração do antigo poema subsiste na "renovação" que se vai ler, o perigo que poderia representar para os contemporâneos de Béroul fica aí especialmente atenuado para os nossos. As paixões são muito mais contagiosas para as almas quando se apresentam em suas semelhantes: quando se trata de almas distantes e muito diferentes, se não no seu âmago, pelo menos no exterior de suas atividades, as paixões conservam toda a sua grandeza e beleza, mas perdem muito de sua força sugestiva. O Tristão e a Isolda de Béroul, ressuscitados pelo senhor Bédier com seus trajes e ritmos do passado, com seus modos de viver, de sentir e de falar meio bárbaros, meio medievais, serão para os leitores modernos como os personagens de um vitral antigo, com gestos rígidos, expressões ingênuas e fisionomias enigmáticas. Mas, por trás dessa imagem, assinalada pela marca especial de uma época, vê-se, como o sol atrás do vitral, resplandecer a paixão, sempre idêntica a si mesma, que a ilumina e a faz brilhar completamente. Um tema eterno das meditações do pensamento e das angústias do coração, representado por figuras cujo próprio arcaísmo constitui seu interesse, eis aí o poema renovador de Béroul. Já temos algo com que encantar os leitores curiosos, ao mesmo tempo, de história e de poesia. Mas o que não pude dizer, o que descobriremos com deleite ao lermos esta obra antiga, é o encanto de seus detalhes, a beleza misteriosa e mítica de certos episódios, a feliz invenção de outros mais modernos, o imprevisto das situações e dos sentimentos, tudo que faz deste poema uma mistura única de antiguidade imemorial e de frescor sempre renovado, de melancolia celta e de graça francesa, de naturalismo poderoso e de psicologia refinada. Não tenho dúvidas de que encontrará em nossos contemporâneos o sucesso que obteve com nossos ancestrais da época das Cruzadas. Realmente pertence àquela "literatura do mundo" de que falava Goethe; tinha desaparecido por uma má sorte imerecida: devemos ser infinitamente gratos ao senhor Joseph Bédier por sua volta.

Gaston Paris
1900

Como o senhor G. Paris expôs tão gentilmente, tentei evitar qualquer mistura entre o antigo e o moderno. Eliminar disparidades, anacronismos, exageros, ater-me à máxima *"vetusta scribenti nescio quo pacto antiquus fit animus*[6]*"*, nunca confundir, à força de simpatia histórica e crítica, nossas

---

6 Citação do historiador romano Tito Lívio (c. 59 a.C.-17d.C.). Em tradução livre do latim, "de uma forma ou de outra, os pensamentos de um homem adquirem um tom antigo quando ele escreve sobre um passado venerável". (N. do T.)

concepções modernas com as antigas formas de pensar e de sentir – tais foram meus desígnios, meus esforços e, sem dúvida nenhuma, ai de mim!, minha utopia. Mas meu texto é uma composição de diferentes elementos e, caso quisesse indicar minhas fontes com pormenores, teria de colocar no final das páginas deste livrinho tantas notas quanto Becq de Fouquières pôs nos poemas de André Chénier. Devo ao leitor, pelo menos, as indicações gerais apresentadas a seguir. Os fragmentos conservados dos antigos poemas franceses foram, em sua maioria, publicados por Francisque Michel em *Tristão, Coletânea do Que Resta dos Poemas Relativos a Suas Aventuras* (Paris, Techener, 1835-1839)[7]. O Capítulo I de nosso romance (As Infâncias de Tristão) é fortemente condensado a partir de diversos poemas, mas, principalmente, dos reorganizadores estrangeiros de Tomás. Os Capítulos II e III são tratados segundo Eilhart d'Oberg (Edição Lichtenstein, Estrasburgo, 1878). O Capítulo IV (O Filtro) baseia-se no conjunto da tradição, sobretudo na narrativa de Eilhart. Alguns trechos são tirados de Gottfried de Estrasburgo (Edição W. Golther, Berlim e Stuttgart, 1888). O Capítulo V (Brangien Entregue aos Servos) baseia-se em Eilhart. Do meio do Capítulo VI (O Grande Pinheiro) até a chegada de Isolda ao encontro sob o pinheiro, começa o fragmento de Béroul, que seguimos fielmente nos capítulos VII, VIII, IX, X e XI, interpretando-o aqui e ali à luz da narrativa do poema de Eilhart e de diferentes

---

7 Indico aqui as edições mais recentes, que fazem parte das publicações da *Société des Anciens Textes Français* (Sociedade dos Antigos Textos Franceses, Paris, Didot): (1) *Le Roman de Tristan* ("O Romance de Tristão"), de Béroul, publicado por Ernest Muret, em um volume, em 1904; (2) *Le Roman de Tristan*, de Tomás, achado anglo-normando do século XII publicado por Joseph Bédier, em dois volumes, em 1903 e 1905; e (3) *Les Deux Poèmes de Tristan Fou* ("Os Dois Poemas de Tristão Louco"), publicado por Joseph Bédier em um volume, em 1908. (N. do Editor da Versão Original)

elementos tradicionais. O capítulo XII (O Julgamento pelo Ferro em Brasa) é um resumo bastante livre do fragmento anônimo que se segue ao de Béroul. O capítulo XIII (A Voz do Rouxinol) foi inserido na história baseado em um poema didático do século XIII, o *Domnei des Amanz*[8]. O capítulo XIV (O Guizo Maravilhoso) foi retirado de Gottfried de Estrasburgo. Os episódios de Kariado e de Tristão leproso nos capítulos XV a XVII foram emprestados de Tomás; e o restante é tratado, de modo geral, de acordo com Eilhart. O capítulo XVIII (Tristão Louco) é o remanejamento de um pequeno poema francês, episódico e independente. O capítulo XIX (A Morte) foi traduzido de Tomás; alguns episódios foram emprestados de Eilhart e do romance em prosa francesa contido no manuscrito 103 da Biblioteca Nacional da França.

J. B.

---

8 Não se sabe com certeza a acepção da palavra *domnei*, do francês antigo, mas a tradução mais aceita do título do poema é "O Domínio dos Amantes". (N. do T.)

Nota do tradutor

A obra de Joseph Bédier, como a nota precedente esclarece, é um apanhado de diversos elementos advindos de fontes distintas. Por isso, mescla diferentes registros linguísticos, variando tempos verbais em suas narrações (notadamente, pretérito perfeito e presente do indicativo) e pronomes pessoais em seus diálogos (alternando, por vezes na mesma fala, "tu" e "vós"). Nesta tradução, optou-se por manter tais registros tal qual foram escritos, para preservar a fidelidade ao original.

I.

As Infâncias
de TRISTÃO

> *Du waerest zwâre baz genant:*
> *Juvente bele et la riant!*[9]
> – Gottfried de Estrasburgo

Senhores, vos agradaria ouvir um belo conto de amor e de morte? É de Tristão e Isolda, a rainha. Ouvi como, com grande alegria, com grande luto, eles se amaram e depois morreram em um mesmo dia, ele por ela, ela por ele.

Nos tempos antigos, o rei Marc reinava na Cornualha. Ao saber que seus inimigos estavam em guerra contra ele, Rivalen, o rei de Loonnois, cruzou o mar para ajudá-lo. Serviu-o, como teria feito um vassalo, com a espada e com conselhos, e tão fielmente que Marc lhe ofereceu em recompensa a bela Blanchefleur, sua irmã, a quem o rei Rivalen amava com um amor maravilhoso.

....

9 As epígrafes ao início de cada capítulo são excertos dos originais reunidos pelo autor para a redação desta obra. Por estarem em registros arcaicos de diferentes línguas e dialetos, optou-se por mantê-las sem tradução. (N. do T.)

Ele a desposou no monastério de Tintagel. Mas, mal se casara com ela, chegou-lhe a notícia de que seu velho inimigo, o duque Morgan, tendo atacado Loonnois, arruinava seus burgos, seus campos, suas cidades. Rivalen equipou apressadamente suas naus e levou Blanchefleur, que estava grávida, para sua terra distante. Aportou diante de seu castelo em Kanoël, confiou a rainha à proteção de seu marechal Rohalt, a quem, dada sua lealdade, chamavam por um belo nome, Rohalt, o Defensor da Fé; então, tendo reunido seus barões, Rivalen partiu para perpetrar sua guerra.

Blanchefleur esperou-o por muito tempo. Que pena! Ele não voltaria. Certo dia, ela soube que o duque Morgan o matara à traição. Não chorou por ele. Nem gritos nem lamentos, mas seus membros tornaram-se fracos e inúteis; sua alma queria, com enorme desejo, separar-se de seu corpo. Rohalt tentava consolá-la:

— Rainha — dizia ele —, não se pode ganhar nada com um luto após o outro; todos que nascem não devem um dia morrer? Que Deus receba os mortos e preserve os vivos!...

Mas ela não queria ouvi-lo. Por três dias, esperou juntar-se ao seu querido senhor. No quarto dia, deu à luz um filho e, tomando-o nos braços:

— Filho — disse-lhe ela —, há tempos desejei ver-te; e vejo a mais bela criatura que qualquer mulher já tenha carregado. Triste dou à luz, triste é a primeira festa que te faço e, por tua causa, morro de tristeza. E, como vieste à terra por tristeza, teu nome será Tristão.

Depois de ter dito tais palavras, ela o beijou e, assim que o fez, morreu.

Rohalt, o Defensor da Fé, recolheu o órfão. Os homens do duque Morgan já cercavam o castelo de Kanoël. Como

Rohalt conseguira sustentar a guerra por tanto tempo? Com razão se diz: "Orgulho não é destreza"; ele teve de se render à mercê do duque Morgan. Mas, temendo que Morgan matasse o filho de Rivalen, o marechal fez com que ele se passasse por seu próprio filho e criou-o entre os seus descendentes.

Depois de sete anos, quando chegou a hora de retirá-lo das mulheres, Rohalt confiou Tristão a um sábio mestre, o bom escudeiro Gorvenal. Em poucos anos, Gorvenal ensinou-lhe as artes adequadas aos barões. Ensinou-lhe como manejar a lança, a espada, o escudo e o arco, a arremessar discos de pedra e a transpor os fossos mais largos; ensinou-lhe a detestar todas as mentiras e todos os crimes, a ajudar os fracos, a manter a palavra dada; ensinou-lhe as diversas maneiras de cantar, a tocar harpa e a arte do caçador; e, quando a criança cavalgava entre os jovens escudeiros, era como se seu cavalo, suas armas e ele formassem um só corpo e nunca tivessem estado separados. Ao vê-lo tão nobre e tão altivo, com ombros largos, quadris delgados, forte, fiel e valente, todos elogiavam Rohalt por ter um filho assim. Mas Rohalt, pensando em Rivalen e Blanchefleur, cuja juventude e graça nele reviviam, amava Tristão como a um filho e, secretamente, reverenciava-o como seu senhor.

Ora, aconteceu que toda a sua alegria lhe foi tirada no dia em que os mercadores da Noruega, tendo atraído Tristão para sua nau, levaram-no como uma bela presa. Enquanto navegavam rumo a terras desconhecidas, Tristão lutou, tal qual um jovem lobo capturado em uma armadilha. Mas é verdade comprovada, e todos os marinheiros o sabem: o mar carrega relutante as naus criminosas e não auxilia nem raptos nem traições. Revoltou-se furioso, envolveu a nau na escuridão e lançou-a ao acaso por oito dias e oito noites. Por fim, os marinheiros viram através da névoa uma costa eriçada com penhascos e recifes, onde o mar desejava quebrar-lhes o casco. Arrependeram-se. Sabendo que a ira do mar vinha daquela criança raptada na hora errada, juraram libertá-la e prepararam um barco para depositá-la em uma praia. Os ventos e as ondas imediatamente baixaram, o céu brilhou e, enquanto a nau dos noruegueses desaparecia ao longe, as ondas calmas e risonhas carregavam o barco de Tristão até as areias da praia.

Com grande esforço, ele escalou o penhasco e viu que, além de um brejo deserto e cheio de vales, estendia-se uma floresta a perder de vista. Lamentava-se ele, com saudades de Gorvenal, Rohalt, seu pai, e da terra de Loonnois, quando o som distante de cornetas e latidos de uma caçada alegrou seu coração. Na extremidade da floresta, um lindo cervo surgiu. A matilha de cães e os caçadores desciam ao seu encalço com grande barulho de vozes e cornetas. Mas, como os cães de caça já se dependuravam aos bandos no couro de seu cangote, o animal, a poucos passos de Tristão, vergou as pernas e entrou em desespero. Um caçador matou-o com a lança. Enquanto os caçadores, dispostos em círculo, anunciavam a presa com suas cornetas, Tristão, espantado, viu o caçador-chefe cortar profundamente a garganta do cervo, como se fosse decepá-lo. Ele exclamou:

— O que estás fazendo, meu senhor? É apropriado decepar um animal tão nobre como um porco abatido? É esse, então, o costume deste país?

— Caro irmão — respondeu o caçador —, o que estou fazendo que possa te causar tanta surpresa? Sim, primeiro separo a cabeça deste cervo, depois cortarei seu corpo em quatro partes, que carregaremos penduradas nas alças de nossas selas para o rei Marc, nosso senhor. É assim que nós fazemos. Assim, desde os tempos dos caçadores mais antigos, os homens da Cornualha sempre fizeram. Se, entretanto, conheces algum costume mais louvável, mostra-nos; toma desta faca, caro irmão; aprenderemos de bom grado.

Tristão pôs-se de joelhos e tirou o couro do cervo antes de despedaçá-lo; em seguida, desmembrou o animal, deixando, como convém, o osso das ancas limpo; depois, retirou os miúdos, o focinho, a língua, os testículos e a veia do coração.

E tanto os caçadores quanto os valetes com os cães, inclinados sobre ele, observavam-no, encantados.

— Amigo — disse o caçador-chefe —, tais costumes são lindos, em que terra os aprendeste? Dize-nos teu país e teu nome.

— Belo senhor, chamam-me Tristão; e aprendi esses costumes em meu país de Loonnois.

— Tristão — disse o caçador —, que Deus recompense o pai que te criou tão nobre! Sem dúvida, trata-se de um barão rico e poderoso?

Mas Tristão, que sabia bem falar e bem calar, respondeu com astúcia:

— Não, meu senhor, meu pai é um mercador. Deixei secretamente sua casa em uma nau que partia para negociar em terras longínquas, porque queria aprender como os homens de terras estrangeiras comportam-se. Mas, se o senhor me aceitar entre seus caçadores, terei muito gosto em seguir-vos e vos ensinarei, belo senhor, outras diversões da arte da caça.

— Belo Tristão, fico surpreso que haja uma terra onde os filhos dos mercadores saibam o que os filhos dos cavaleiros ignoram em outros lugares. Mas vem conosco, já que assim o desejas, e sê bem-vindo. Nós te levaremos ao rei Marc, nosso senhor.

Tristão terminou de despedaçar o cervo. Deu aos cães o coração, a parte arruinada pelo outro caçador e as entranhas e ensinou aos caçadores como preparar os miúdos e o intestino. Em seguida, prendeu os pedaços bem divididos em forquilhas e entregou-os a diferentes caçadores: a um deu a cabeça, a outro os chifres e os grandes lombos; a esse as espáduas, àquele as pernas, e a esse outro grande parte dos rins. Ensinou-lhes como deveriam emparelhar-se dois a dois para cavalgar corretamente, de acordo com a nobreza das peças de caça arrumadas nas forquilhas.

Então, puseram-se a caminho e começaram a conversar, até que finalmente avistaram um rico castelo. Era cercado por prados, pomares, águas correntes, lugares para pesca e terras aradas. Numerosas naus entravam no porto. O castelo ficava à beira-mar, forte e belo, bem munido contra qualquer ataque e qualquer máquina de guerra. E sua torre principal, erguida no passado por gigantes, era construída com blocos de pedra, grandes e bem talhados, dispostos como um tabuleiro de xadrez verde e azul.

Tristão perguntou o nome daquele castelo.

— Belo jovem, nós o chamamos de Tintagel.

— Tintagel — exclamou Tristão —, bendito sejas tu e benditos sejam teus habitantes.

Senhores, foi ali que, há muito tempo, com grande alegria, seu pai, Rivalen, casara-se com Blanchefleur. Mas, infelizmente, Tristão o ignorava.

Quando chegaram ao pé da fortaleza, o bando de caçadores atraiu às portas os barões e até mesmo o próprio rei Marc.

Depois que o caçador-chefe lhe contou a aventura, Marc admirou a bela equipe daquela cavalaria, o cervo bem desmembrado e o grande discernimento dos costumes da arte da caça. Mas, acima de tudo, ele admirava o belo jovem estrangeiro, e seus olhos não se afastavam dele. De onde lhe vinha esse súbito afeto? O rei interrogava seu coração e não conseguia entendê-lo. Senhores, era seu sangue que se agitava e falava dentro dele, e o amor que ele havia nutrido por sua irmã Blanchefleur.

À noite, quando as mesas foram retiradas, um menestrel galês, mestre em sua arte, avançou por entre os barões reunidos e cantou trovas de harpa. Tristão encontrava-se sentado aos pés do rei e, como o harpista iniciava uma nova melodia, Tristão falou-lhe assim:

— Mestre, esta trova é a mais bela dentre todas: há muito tempo os antigos bretões compuseram-na para celebrar os amores de Graelent. A melodia é doce, e doces são as palavras. Mestre, tua voz é hábil, entona-a bem!

O galês cantou e então respondeu:

— Menino, o que sabes a respeito da arte dos instrumentos? Se os mercadores da terra de Loonnois também ensinam seus filhos a tocar harpas, crotas e vielas, levanta-te, toma desta harpa e mostra tua habilidade.

Tristão pegou a harpa e cantou de maneira tão bela que os barões ficaram comovidos ao ouvi-lo. E Marc admirava o harpista vindo da terra de Loonnois, para onde, há muito tempo, Rivalen levara Blanchefleur.

Quando a trova terminou, o rei ficou em silêncio por um longo tempo.

— Filho — disse ele, finalmente —, bendito seja o mestre que te ensinou, e bendito sejas tu! Deus ama os bons cantores. A voz deles e a voz da harpa penetram no coração dos homens, despertam-lhes suas lembranças mais preciosas e fazem-nos esquecer muitas perdas e muitos males. Tu vieste para nossa alegria até esta morada. Fica muito tempo perto de mim, amigo!

— Eu vos servirei de bom grado, meu senhor — respondeu Tristão —, como vosso harpista, vosso caçador e vosso vassalo.

E assim o fez, e por três anos uma ternura recíproca cresceu em seus corações. Durante o dia, Tristão acompanhava Marc nas audiências ou na caça e, à noite, como dormia nos aposentos reais entre seus íntimos e fiéis, se o rei estivesse triste, ele tocava harpa para apaziguar seu desconforto. Os barões o estimavam e, mais do que todos os demais, como a história lhes mostrará, o senescal Dinas de Lidan. Contudo, com mais cuidado do que os barões e do que Dinas de Lidan, o rei o amava. Apesar de seu afeto, Tristão não se consolava por ter perdido Rohalt, seu pai, seu mestre, Gorvenal, e a terra de Loonnois.

Senhores, cabe ao contador que deseja agradar evitar contos muito longos. A matéria deste conto é tão bela e tão diversa: de que adianta alongá-lo? Portanto, direi brevemente como, depois de ter vagado por um longo tempo por mares e países, Rohalt, o Defensor da Fé, desembarcou na Cornualha, encontrou Tristão e, mostrando ao rei o cristal de granada dado por ele a Blanchefleur como precioso presente de casamento, disse-lhe:

— Rei Marc, este é Tristão de Loonnois, vosso sobrinho, filho de vossa irmã Blanchefleur e do rei Rivalen. O duque Morgan detém suas terras injustamente; é hora de elas voltarem ao seu herdeiro de direito.

E direi brevemente como Tristão, tendo recebido de seu tio as armas de cavaleiro, cruzou o mar nas naus da Cornualha, deu-se a conhecer aos antigos vassalos de seu pai, desafiou o assassino de Rivalen, matou-o e recuperou suas terras.

Então, considerou que o rei Marc não poderia mais viver feliz sem ele e, como a nobreza de seu coração sempre lhe revelava o caminho mais sábio a trilhar, convocou seus condes e seus barões e falou-lhes assim:

— Senhores de Loonnois, reconquistei este país e vinguei o rei Rivalen com a ajuda de Deus e dos senhores. Portanto, devolvi a meu pai seu direito. Mas dois homens, Rohalt e o rei Marc da Cornualha, apoiaram o órfão e a criança errante, e também devo chamá-los de pais. A eles, da mesma forma, não devo lhes restaurar seu direito? Ora, um grande homem tem duas coisas que lhe pertencem: sua terra e seu corpo. Então, a Rohalt, que aqui está, deixarei minha terra; pai, o senhor a governará, e vosso filho o fará, depois do senhor. Ao rei Marc, deixarei meu corpo; partirei deste país, embora seja-me muito caro, e irei servir ao meu senhor Marc na Cornualha. Esse é meu pensamento, mas vós sois meus fiéis amigos, senhores de Loonnois, e deveis me aconselhar: se um dentre vós quiser me apresentar outra resolução, que se levante e fale!

Mas todos os barões o louvaram com lágrimas, e Tristão, levando consigo apenas Gorvenal, navegou para a terra do rei Marc.

II.

O MORHOLT
da Irlanda

Tristrem seyd: "Ywis,
Y wil defende it as knizt".
— Sire[10] Tristão

Quando Tristão lá voltou, Marc e todo o seu baronato estavam em tristeza profunda. Pois o rei da Irlanda equipara uma frota para devastar a Cornualha, caso Marc continuasse recusando-se, como fizera por quinze anos, a pagar um tributo anteriormente pago por seus ancestrais. Ora, sabei que, segundo antigos tratados acordados, os irlandeses podiam arrecadar, no primeiro ano, trezentas libras de cobre, no segundo ano, trezentas libras de prata fina e, no terceiro, trezentas libras de ouro. Mas, quando chegava o quarto ano, eles levariam trezentos rapazes e trezentas moças de quinze anos, sorteados entre as famílias da Cornualha. Ora, neste ano, o rei enviara a Tintagel, para levar sua mensagem, um

---
10 Senhor, mestre. Tratamento que se dava aos reis, senhores feudais e outros personagens ilustres na França. (N. do T.)

cavaleiro gigante, o Morholt, cuja irmã ele desposara e que ninguém jamais tinha sido capaz de derrotar em batalha. Mas o rei Marc, por meio de cartas seladas, convocara todos os barões da terra à sua corte, para ouvir seus conselhos.

No dia marcado, quando os barões se reuniram no salão abobadado do palácio e Marc tomou assento sob o dossel, o Morholt falou assim:

— Rei Marc, ouve pela última vez a ordem do rei da Irlanda, meu senhor. Ele roga-te que finalmente lhe pagues o tributo que deves. Como já o recusaste por muito tempo, ele pede-te que me entregues neste dia trezentos rapazes e trezentas moças de quinze anos, sorteados entre as famílias da Cornualha. Minha nau, ancorada no porto de Tintagel, os levará para tornarem-se nossos servos. Ainda assim — e, como convém, faço de ti a única exceção, rei Marc —, se algum de teus barões quiser provar em combate que o rei da Irlanda cobra tal tributo contra a lei, aceitarei sua garantia. Qual dentre vós, senhores da Cornualha, quer lutar pela libertação deste país?

Os barões entreolharam-se furtivamente e em seguida baixaram a cabeça. Este dizia a si mesmo: "Vê, infeliz, a estatura do Morholt da Irlanda: ele é mais forte do que quatro homens robustos. Olha sua espada: então não sabes que por algum feitiço ela fez rolar as cabeças dos campeões mais ousados por tantos anos, que o rei da Irlanda envia esse gigante para lançar seus desafios pelas terras vassalas? Fracote, queres encontrar a morte? Qual é a utilidade de tentar a Deus?" Aquele outro pensava: "Eu vos criei, caros filhos, para o trabalho servil, e vós, queridas filhas, para serem mulheres da vida? Mas minha morte não vos salvaria". E todos calavam-se.

O Morholt diz ainda:

— Qual dentre vós, senhores da Cornualha, quer aceitar minha prova? Ofereço-vos um belo combate: pois, daqui a três dias, chegaremos por barco à Ilha Saint-Samson, ao largo de Tintagel. Lá, vosso cavaleiro e eu lutaremos, um contra o outro, e o louvor por ter-se arriscado em batalha se refletirá por toda a sua família.

Continuavam em silêncio, e o Morholt parecia o falcão--gerifalte que se tranca em uma gaiola junto com os pássaros menores: quando ele entra, todos ficam mudos.

O Morholt falou pela terceira vez:

— Muito bem, belos senhores da Cornualha, já que esse caminho vos parece o mais nobre a tomar, sorteai vossos filhos e os levarei comigo! Mas não pensava que este país fosse habitado apenas por servos.

Então, Tristão ajoelhou-se aos pés do rei Marc e disse:

— Senhor, meu rei, por favor, se me concederdes este presente, eu me arriscarei em combate.

Em vão, o rei Marc quis dissuadi-lo. Ele era um jovem cavaleiro: de que lhe serviria sua ousadia? Mas Tristão aceitou a prova do Morholt, e o Morholt assentiu.

No dia marcado, Tristão cobriu-se com um manto de cendal vermelho-escuro e armou-se para a grande aventura. Vestiu a cota de malha e o elmo de aço polido. Os barões choravam em compadecimento do valente cavaleiro e de vergonha de si próprios.

— Ah! Tristão — diziam entre eles. — Ousado barão, bela juventude, por que não empreendi esse combate em teu lugar? Minha morte lançaria um luto mais brando sobre esta terra!... — Os sinos tocam, e todos, tanto do baronato quanto da gente menor, velhos, crianças e mulheres, chorando e rezando, escoltam Tristão até a praia. Ainda tinham esperança, pois a esperança no coração dos homens sobrevive em pastagens escassas.

Tristão subiu sozinho em um barco e avançou rumo à Ilha Saint-Samson. Mas o Morholt hasteara uma rica vela púrpura em seu mastro e foi o primeiro a chegar à ilha. Atracava seu barco à praia quando Tristão, aportando por sua vez, empurrou com o pé sua embarcação de volta ao mar.

— Vassalo, que estás fazendo? — disse o Morholt. — Por que não seguraste teu barco em uma amarra como eu?

— Vassalo, para quê? — respondeu Tristão. — Apenas um de nós voltará vivo daqui: um barco não lhe é suficiente?

E ambos, animando-se para o combate com palavras ultrajantes, embrenharam-se na ilha.

Ninguém viu o doloroso combate, mas por três vezes pareceu que a brisa do mar carregava um grito furioso até a praia. Então, em sinal de luto, as mulheres batiam palmas em coro, e os companheiros do Morholt, amontoados diante de suas tendas, riam. Finalmente, por volta da hora de noa[11], viu-se a vela púrpura ao longe; o barco do irlandês afastou-se da ilha, e um grito de angústia ressoou: "O Morholt! O Morholt!" Mas, como o barco se aproximava, de súbito, na crista de uma onda, mostrou-se um cavaleiro de pé na proa. Cada um de seus punhos brandia uma espada: era Tristão. Imediatamente, vinte barcos dispararam ao seu encontro, e os rapazes puseram-se a nado. O destemido saltou para a margem e, enquanto as mães ajoelhadas beijavam suas perneiras de ferro, ele gritou para os companheiros do Morholt:

---

11 Uma das horas litúrgicas, referente à oração da tarde. Equivalente ao horário das 15 horas. (N. do T.)

— Senhores da Irlanda, o Morholt lutou bem. Vede: minha espada está lascada, um fragmento da lâmina ficou cravado em seu crânio. Levai esse pedaço de aço, senhores: é o tributo da Cornualha!

Então dirigiu-se a Tintagel. Ao passar, os filhos libertados agitavam ramos verdes, gritando com toda a força, e ricos tecidos eram pendurados nas janelas. Mas quando, em meio aos cânticos de alegria, ao dobrar dos sinos e ao barulho das cornetas e búzios – tão ensurdecedor que ninguém seria capaz de ouvir Deus trovejar –, Tristão chegou ao castelo, desabou nos braços do rei Marc; e sangue escorria de suas feridas.

Com grande desânimo, os companheiros do Morholt desembarcaram na Irlanda. Não muito tempo antes, quando retornava ao porto de Weisefort, o Morholt alegrava-se ao rever seus homens reunidos aplaudindo-o em multidões, além da rainha, sua irmã, e sua sobrinha, Isolda, a Loura, a dos cabelos de ouro, cuja beleza já brilhava como a aurora que se levanta. Elas o recebiam com ternura e, caso ele tivesse se machucado, elas o curavam; pois conheciam os bálsamos e as bebidas que reanimam os feridos à beira da morte. Mas de que lhes serviriam as receitas mágicas, as ervas colhidas na hora certa, os filtros? Ele jazia morto, costurado em um couro de cervo, e o fragmento da espada inimiga ainda estava cravado em seu crânio. Isolda, a Loura, retirou-o para trancá-lo em um baú de marfim, precioso como um relicário. E, curvadas sobre o grande cadáver, a mãe e a filha, repetindo incessantemente os louvores dos mortos e lançando sem trégua a mesma maldição contra o assassino, conduziam as mulheres, alternadamente, nas lamentações fúnebres. A partir daquele dia, Isolda, a Loura, aprendeu a odiar o nome de Tristão de Loonnois.

Mas, em Tintagel, Tristão definhava: um sangue envenenado escorria de suas feridas. Os médicos descobriram que o Morholt havia enfiado uma lança envenenada em sua carne e, como suas beberagens e seus preparados não podiam salvá-lo, devolveram-no aos cuidados de Deus. Uma pestilência tão odiosa exalava de suas feridas que todos os seus amigos mais queridos o evitavam, todos menos o rei Marc, Gorvenal e Dinas de Lidan. Eram os únicos que conseguiam ficar ao lado de seu leito, e seu amor superava seu horror. Por fim, Tristão foi carregado para uma cabana construída ao longe, na costa; e, deitado diante das ondas, esperava a morte. Pensava ele: "Então vós me abandonastes, rei Marc, a mim que salvei a honra de vossa terra? Não, eu sei, belo tio, que daríeis vossa vida pela minha; mas de que serviria vossa ternura? Devo morrer. É doce, porém, ver o sol, e meu coração ainda se mostra ousado. Quero tentar o mar aventureiro... Quero que ele me leve para longe, sozinho. Para qual terra? Não sei, mas talvez onde eu encontre uma cura para mim. E talvez, um dia, ainda poderei vos servir, belo tio, como vosso harpista, vosso caçador e vosso bom vassalo.

Ele tanto implorou que o rei Marc atendeu ao seu desejo. Carregou-o para um barco sem remos ou velas, e Tristão quis apenas que sua harpa fosse colocada perto dele. De que servem as velas, se seus braços não são capazes de içá-las? Para que os remos? Para que a espada? Como um marinheiro, no curso de uma longa travessia, lança ao mar o cadáver de um antigo companheiro, assim, com os braços trêmulos, Gorvenal empurrou o barco em que jazia seu querido filho, e o mar o carregou.

Por sete dias e sete noites, arrastou-o suavemente para longe. Às vezes, Tristão tocava a harpa para disfarçar seu sofrimento. Por fim, o mar, sem que ele o soubesse, aproximou-o da costa. Ora, naquela noite, os pescadores haviam deixado o porto para lançar suas redes ao mar e remavam quando ouviram uma melodia suave, ousada e viva, que corria rente às vagas. Imóveis, seus remos pairando sobre as ondas, eles ouviam; na primeira claridade da alvorada, viram o barco errante. "Tal e qual", diziam entre si, "uma música sobrenatural envolvia a nau de São Brandão[12], enquanto ela navegava em direção às Ilhas Afortunadas sobre o mar tão branco quanto o leite." Remaram para alcançar o barco. Ia à deriva e nada parecia ter vida ali, a não ser a voz da harpa; mas, à medida que se aproximavam, a melodia foi ficando mais fraca, silenciou-se e, quando o abordaram, as mãos de Tristão caíram inertes sobre as cordas ainda trêmulas. Recolheram-no e voltaram ao porto para entregar o ferido à sua compassiva senhora, que talvez fosse capaz de curá-lo.

Que desgraça! Tal porto era Weisefort, onde ficava o Morholt, e sua senhora era Isolda, a Loura. Apenas ela, perita em filtros, poderia salvar Tristão; mas, única entre as mulheres, ela o queria morto. Quando Tristão, reanimado por sua arte, voltou a si, compreendeu que as ondas o haviam lançado em uma terra de perigo. Mas, ainda ousando defender sua vida, rapidamente encontrou belas e astutas palavras. Contou-lhes que era um menestrel, que apanhara uma nau mercante; navegava para a Espanha para lá aprender a arte da leitura das estrelas; piratas assaltaram a nau: ferido, ele fugira naquele barco. Creram no que ele dizia: nenhum dos companheiros do Morholt reconheceu o belo cavaleiro da

---

12 Referência à lenda medieval do monge irlandês São Brandão, que teria visitado as míticas Ilhas Afortunadas e, ali, encontrado o Jardim do Éden. (N. do T.)

Ilha Saint-Samson, porque tão terrivelmente o veneno distorcera suas feições. Mas, depois de quarenta dias, quando Isolda dos cabelos de ouro quase o havia curado, como em seus membros amolecidos a graça da juventude já começava a renascer, ele compreendeu que haveria de fugir; escapou e, depois de muitos perigos passados, certo dia reapareceu diante do rei Marc.

III.

EM BUSCA DA BELA DOS CABELOS DE OURO

En po d'ore vos oi paiée
O la parole do chevol,
Dont je ai puis eü grant dol.

– O Canto da Loucura de Tristão

Havia na corte do rei Marc quatro barões, os mais desleais dos homens, que detestavam Tristão com um ódio mortal, por sua bravura e pelo terno amor que o rei lhe dedicava. E posso vos relatar seus nomes: Andret, Guenelon, Gondoïne e Denoalen. Ora, o duque Andret era, como Tristão, sobrinho do rei Marc. Sabendo que o rei pensava em envelhecer sem filhos para deixar suas terras para Tristão, sua inveja exacerbou-se e, por meio de mentiras, agitou contra Tristão os nobres da Cornualha:

– Apenas maravilhas em sua vida! – diziam os desleais. – Mas vós sois homens de grande senso, senhores, e sem dúvida sabereis como achar-lhe explicação. O fato de ele ter triunfado sobre o Morholt já é uma maravilha em si; mas por quais encantamentos pôde ele, quase morto, navegar sozinho no mar? Qual de nós, senhores, conduziria uma nau sem remos ou velas? Os mágicos podem fazê-lo, conforme o dizem. Além disso, em que terra de sortilégios pôde ele encontrar uma cura para suas chagas? Certamente trata-se de um feiticeiro. Sim, seu barco estava enfeitiçado e, igualmente, sua espada, e sua harpa está encantada, pois todos os dias verte venenos no coração do rei Marc! Como soube domar esse coração pelo poder e encanto da feitiçaria! Ele será rei, meus senhores, e vós recebereis vossas terras de um mágico!

Eles persuadiram a maioria dos barões: pois poucos homens sabem que, muito do que é do poder dos mágicos, o coração também pode realizar pela força do amor e da ousadia. Foi por isso que os barões incitaram o rei Marc a desposar a filha de um rei, que lhe daria herdeiros. Caso ele o recusasse, se retirariam para suas fortalezas para guerrear contra ele. O rei resistia e jurava em seu coração que, enquanto vivesse seu querido sobrinho, nenhuma filha de rei entraria em seu leito. Mas, por sua vez, Tristão, que suportava com grande vergonha a suspeita de amar seu tio para ter lucro, ameaçou-o: que o rei se rendesse à vontade de seu baronato; caso contrário, ele abandonaria a corte, partiria para servir o rico rei de Gavoie. Então, Marc fixou um prazo a seus barões; dentro de quarenta dias, ele diria o que decidira.

Na data marcada, sozinho em seu quarto, ele aguardava a chegada deles e pensava com tristeza: "Onde encontrar a filha de um rei tão longínquo e inacessível que eu possa fingir, mas tão-somente fingir, querer como esposa?"

Naquele instante, pela janela aberta para o mar, duas andorinhas que construíam seu ninho começaram a brigar e, subitamente assustadas, desapareceram. Mas, de seus bicos, escapara um longo fio de cabelo de uma mulher, mais fino que o fio da seda, que brilhava como um raio de sol.

Marc, tendo o apanhado, mandou entrar os barões e Tristão, e disse-lhes:

— Para agradar-vos, senhores, tomarei uma esposa, mas apenas se buscardes aquela que escolhi.

— Certamente o queremos, belo senhor; quem é aquela que escolhestes?

— Escolhi a dama a quem pertenceu este cabelo de ouro, e sabei que não quero nenhuma outra.

— E de que lugar, belo senhor, esse cabelo de ouro veio até vós? Quem o trouxe? E de que país?

— Veio-me, meus senhores, da bela dos cabelos de ouro; duas andorinhas o trouxeram até mim; elas sabem de que país.

Os barões compreenderam que haviam sido ridicularizados e enganados. Olharam para Tristão com desprezo; pois suspeitavam que fora ele quem aconselhara tal embuste. Mas Tristão, tendo examinado o fio de cabelo de ouro, lembrou-se de Isolda, a Loura. Sorriu e falou assim:

— Rei Marc, vós agis incorretamente; não vedes que as suspeitas destes senhores me difamam? Mas em vão preparastes esta fraude: irei eu buscar a Bela dos cabelos de ouro. Sabeis que tal busca é perigosa e que me será mais difícil voltar de seu país do que da ilha onde matei o Morholt. Mas, novamente, arriscarei meu corpo e minha vida por vós, belo tio. Para que vossos barões saibam que vos amo com amor leal e que empenho minha fé por esse amor: ou morrerei nessa empreitada ou trarei para este castelo de Tintagel a rainha dos cabelos louros.

Ele equipou uma bela nau, guarnecendo-a com trigo, vinho, mel e toda a sorte de boas mercadorias. Fez com que nela embarcassem, além de Gorvenal, cem jovens cavaleiros de alta estirpe, escolhidos entre os mais ousados, e trajou-os com cotas de malha e casacos de pele de camelo, para que se assemelhassem a mercadores; mas, sob o convés da nau, eles escondiam os ricos hábitos de tecido de ouro, de cendal e de escarlate, adequados aos mensageiros de um rei poderoso.

Quando a nau já se afastava, o piloto perguntou:

— Belo senhor, para qual terra devemos navegar?

— Meu amigo, navega em direção à Irlanda, para o porto de Weisefort.

O piloto estremeceu. Tristão não sabia que, desde o assassinato do Morholt, o rei da Irlanda vinha perseguindo as naves da Cornualha? Os marinheiros, assim que presos, eram atravessados por forquilhas. O piloto, porém, obedeceu e rumou para a terra perigosa.

Primeiramente, Tristão foi capaz de persuadir os homens de Weisefort de que seus companheiros eram mercadores vindos da Inglaterra para negociar em paz. Mas, como esses mercadores de estranha estirpe consumiam o dia nos nobres jogos de tabuleiro e de xadrez e pareciam entender melhor como manusear os dados do que medir o trigo, Tristão temia ser descoberto e não sabia como proceder à sua busca.

Ora, certa manhã, logo ao alvorecer, ele ouviu uma voz que, de tão terrível, parecia o grito de um demônio. Nunca tinha ouvido uma fera uivar daquela forma, tão horrível e tão maravilhosa. Chamou uma mulher que passava pelo porto:

— Dizei-me, senhora — falou ele —, de onde veio essa voz que ouvi? Não escondeis nada de mim.

— Certamente, *sire*, direi tudo sem mentir. Vem de uma fera bravia, a mais hedionda que possa existir no mundo. Todos os dias, ela sai de sua caverna e fica em um dos portões da cidade. Ninguém pode sair, ninguém pode entrar sem que se tenha entregue uma jovem donzela ao dragão; e, assim que ele a tem em suas garras, devora-a em menos tempo do que levamos para rezar um pai-nosso.

— Senhora — disse Tristão —, não zombeis de mim, mas dizei-me se seria possível para um homem nascido de mãe matá-lo em combate.

— Não sei ao certo, belo e gentil *sire*. Certo é apenas que vinte cavaleiros experientes já tentaram a sorte; pois o rei da Irlanda proclamou pela voz de um arauto que daria sua filha Isolda, a Loura, a quem matasse o monstro; mas o monstro os devorou a todos.

Tristão deixa a mulher e retorna à sua nau. Arma-se em segredo e teria sido por demais belo ver sair da nau desses mercadores um corcel de batalha tão rico e um cavaleiro tão magnífico. Mas o porto estava deserto, pois mal raiara o sol e ninguém viu o destemido cavalgar até a porta que a mulher lhe indicara. De repente, na estrada, cinco homens surgiram, esporeando seus cavalos, os freios abandonados, fugindo em direção à cidade. Ao passar por eles, Tristão agarrou um pelos cabelos ruivos trançados, com tanta força que o derrubou na garupa de seu cavalo, mantendo-o preso:

— Deus vos salve, belo *sire*! — disse Tristão. — Por que caminho vem o dragão?

E, quando o fugitivo lhe mostrou o caminho, Tristão soltou-o.

O monstro aproximava-se. Tinha a cabeça de um dragão alado, os olhos vermelhos como carvão em brasa, dois chifres na testa, as orelhas longas e peludas, garras de leão, a cauda de uma serpente e o corpo coberto com as escamas de um grifo.

Tristão lançou seu corcel com tal força contra ele que, todo arrepiado de medo, ele saltou contra o monstro. A lança de Tristão acertou suas escamas e voou em pedaços.

Imediatamente, o valente saca sua espada, ergue-a e acerta a cabeça do dragão, mas nem sequer arranha-lhe o couro. No entanto, o monstro sentiu o golpe; lança suas garras contra o escudo, enfiando-as nele e fazendo voar longe as amarrações. Com o peito a descoberto, Tristão ataca-o novamente com a espada, atingindo-o nos flancos com um golpe tão violento que o ar ressoa. Em vão: ele não pode feri-lo. Então, o dragão jorra pelas narinas um duplo jato de chamas venenosas: a cota de malha de Tristão enegrece como carvão apagado, seu cavalo cai morto. Mas, assim que se levanta, Tristão enfia sua boa espada na boca do monstro: ela penetra-lhe por inteiro, partindo-lhe o coração em dois. O dragão solta seu horrível grito uma última vez e morre.

Tristão cortou sua língua e colocou-a na perneira. Então, atordoado pela fumaça pungente, caminhou em direção a uma água estagnada que via brilhar ao longe, para ali beber. Mas o veneno destilado pela língua do dragão aqueceu-se contra seu corpo e, na relva alta que cercava o pântano, o herói caiu inconsciente.

Ora, sabei que o fugitivo de cabelos ruivos trançados era Aguynguerran, o Ruivo, o senescal do rei da Irlanda, e que cobiçava Isolda, a Loura. Era um covarde, mas tal é o poder do amor que todas as manhãs ele emboscava-se, armado, para atacar o monstro; no entanto, sempre que o ouvia berrar ao longe, o cavaleiro fugia. Naquele dia, seguido de seus quatro companheiros, ele ousou voltar atrás. Encontrou o dragão morto, o cavalo morto, o escudo quebrado e pensou que o vencedor acabara de morrer em algum outro lugar. Então, cortou a cabeça do monstro, levou-a ao rei e exigiu a bela paga prometida.

O rei quase não acreditou em sua proeza; mas, querendo fazer-lhe justiça, mandou chamar seus vassalos à corte, três dias depois. Diante do baronato reunido, o senescal Aguynguerran forneceria a prova de sua vitória.

Quando Isolda, a Loura, soube que seria entregue a tal covarde, primeiramente soltou uma longa risada, depois lamentou-se. Mas, no dia seguinte, suspeitando de embuste, tomou consigo seu pajem, o louro, o fiel Perinis, e Brangien, sua jovem serva e acompanhante, e os três cavalgaram em segredo para o covil do monstro, a ponto de Isolda perceber pegadas de formato estranho na estrada: não havia dúvidas de que o cavalo que por ali passara não tinha ferraduras daquele país. Em seguida, ela encontrou o monstro sem cabeça e o cavalo morto. Ele não havia sido atrelado conforme o costume da Irlanda. Certamente, um estrangeiro matara o dragão; mas ele ainda viveria?

Isolda, Perinis e Brangien procuraram-no por muito tempo; finalmente, em meio à relva do pântano, Brangien viu brilhar o elmo do cavaleiro. Ele ainda respirava. Perinis levou-o em seu cavalo, carregando-o secretamente para os aposentos das mulheres. Lá, Isolda contou a aventura para sua mãe e confiou-lhe o estrangeiro. Quando a rainha retirou a armadura dele, a língua venenosa do dragão caiu-lhe da perneira. Então, a rainha da Irlanda despertou o homem ferido por meio de uma erva e disse-lhe:

— Estrangeiro, sei que és tu o verdadeiro assassino do monstro. Mas nosso senescal, um infiel, um covarde, cortou-lhe a cabeça e reivindica minha filha, Isolda, a Loura, como recompensa. Serias capaz de, dentro de dois dias, provar seu engodo em um combate?

— Rainha — disse Tristão —, a data está próxima. Mas, sem dúvida, podeis curar-me em dois dias. Conquistei Isolda ao dragão; talvez a conquiste também ao senescal.

Então, a rainha hospedou-o ricamente e preparou-lhe remédios eficazes. No dia seguinte, Isolda, a Loura, aprontou-lhe um banho e, gentilmente, ungiu seu corpo com um bálsamo que sua mãe fizera. Ela deteve seu olhar no rosto do homem ferido, viu que era belo e começou a pensar: "Certamente, se sua proeza vale sua beleza, meu campeão oferecerá uma vigorosa batalha!" Mas Tristão, reanimado pelo calor da água e pela força dos aromáticos, olhava para ela e, pensando que havia conquistado a rainha dos cabelos de ouro, pôs-se a sorrir. Isolda, percebendo-o, disse a si mesma: "Por que esse estrangeiro sorriu? Terei negligenciado algum dos serviços que uma jovem deve prestar a seu hóspede? Sim, talvez tenha rido por ter me esquecido de limpar suas armas manchadas pelo veneno".

Ela dirigiu-se até onde a armadura de Tristão fora colocada. "Este elmo é feito com aço muito bom", pensou ela, "e não lhe deixará desamparado. E essa cota de malha é forte, leve, digna de ser usada por um cavaleiro." Pega a espada pela empunhadura: "Certamente é uma bela espada, digna de um ousado barão". Puxa a lâmina ensanguentada da bainha, para limpá-la. Mas vê que está quase toda trincada. Nota, então, o formato da trinca: "Não é essa a lâmina que se partiu na cabeça do Morholt?" Ela hesita, olha novamente, quer ter certeza de sua dúvida. Corre até o aposento em que guardava o fragmento de aço removido do crânio do Morholt. Junta o fragmento à trinca; mal se via sinal da fissura.

Então correu para Tristão e, girando a grande espada sobre a cabeça do homem ferido, gritou:

— És Tristão de Loonnois, o assassino do Morholt, meu querido tio. Morre, então, por tua vez!

Tristão fez um esforço para deter-lhe o braço; em vão,

seu corpo estava paralisado, mas sua mente continuava ágil. Falou, pois, com destreza:

— Que assim seja, morrerei; mas, para poupá-la de um longo arrependimento, escuta. Filha de rei, saiba que não tens apenas o poder, mas também o direito, de matar-me. Sim, tens direito sobre minha vida, já que por duas vezes conservaste-a, devolvendo-a para mim. Uma primeira vez, há não muito tempo, era eu o menestrel ferido que salvaste ao expulsar de seu corpo o veneno com que a lança do Morholt o envenenara. Não te envergonhes, jovem, de ter curado essas feridas; não as recebera eu em justo combate? Matei eu o Morholt à traição? Não tinha ele me desafiado? Não deveria defender meu corpo? Pela segunda vez, ao procurar-me no pântano, também me salvaste. Ah! Foi por ti, jovem donzela, que lutei contra o dragão... Mas deixemos de lado essas coisas: só queria provar-te que, tendo me livrado duas vezes do perigo da morte, tens direito sobre minha vida. Mata-me, então, se achas que receberás louvor e glória com tal ato. Sem dúvida, quando estiveres deitada nos braços do valente senescal, te será doce a lembrança do hóspede ferido que arriscou a vida para te conquistar e te conquistou, e que terás matado indefeso neste banho.

Isolda exclamou:

— Que palavras maravilhosas eu ouço. Por que o assassino do Morholt quis me conquistar? Ah! Sem dúvida, como o Morholt havia no passado tentado arrebatar as moças da Cornualha, por tua vez, por meio de belas represálias, tu te gabarias de tomar como tua serva aquela que o Morholt admirava entre as donzelas...

— Não, filha de rei — disse Tristão. — Mas, certo dia, duas andorinhas voaram até Tintagel para levar um de teus cabelos de ouro. Pensei que vinham para anunciar-me paz e amor. É por isso que vim procurar-te do outro lado do mar. É por isso que enfrentei o monstro e seu veneno. Vê este fio de cabelo costurado entre os fios de ouro do meu brial[13]. A cor dos fios de ouro desbotou; o ouro do fio de cabelo continua incólume.

Isolda deixou de lado a grande espada e tomou o brial de Tristão nas mãos. Viu o cabelo de ouro e ficou em silêncio por um longo tempo; então, beijou seu hóspede nos lábios em sinal de paz e vestiu-o com ricos trajes.

No dia da assembleia dos barões, Tristão enviou secretamente para sua nau Perinis, o pajem de Isolda, para mandar dizer a seus companheiros que se dirigissem à corte vestidos como convinha aos mensageiros de um rei rico: pois ele esperava chegar ao fim de sua aventura naquele mesmo dia. Gorvenal e os cem cavaleiros já se lamentavam havia quatro dias com a perda de Tristão e regozijaram-se com a notícia.

Um a um, no salão onde já se reuniam aos montes os barões da Irlanda, eles entraram e sentaram-se lado a lado na mesma fileira, e as pedras preciosas cintilavam em suas ricas vestes de cendal, de escarlate e de púrpura. Os irlandeses diziam entre si: "Quem são esses magníficos senhores? Quem os conhece? Vede esses mantos suntuosos, paramentados com zibeline e bordados de ouro! Vede como cintilam, no pomo das espadas, no fecho das peles, rubis, berilos, esmeraldas e tantas outras pedras cujo nome desconhecemos! Quem já viu igual esplendor? De onde vêm esses senhores? A quem pertencem?" Mas os cem cavaleiros continuavam calados e não se moviam de seus assentos para ninguém que entrasse.

---

13 Espécie de camisola que os cavaleiros armados vestiam sobre as armas, e as damas, sobre as inúmeras camadas de tecidos. (N. do T.)

Quando o rei da Irlanda se sentou sob o dossel, o senescal Aguynguerran, o Ruivo, ofereceu-se para provar, por meio de testemunhas, e sustentar, por combate, que ele matara o monstro e que Isolda deveria lhe ser entregue. Então, Isolda curvou-se diante de seu pai e disse:

— Rei, há aqui um homem que pretende acusar vosso senescal de mentira e traição. A este homem, que está prestes a provar que livrou vossa terra do flagelo, que vossa filha não deve ser entregue a um covarde, prometeis perdoar suas faltas antigas, por maiores que sejam, e conceder-lhe vossa paz e vossa misericórdia?

O rei pensou e não se apressou em responder. Mas seus barões gritaram aos montes:

— Concedei-lhe, *sire*! Concedei-lhe!

E o rei disse:

— Concedo-lhe!

E Isolda ajoelhou-se a seus pés:

— Pai, dai-me primeiro o beijo de misericórdia e de paz, como sinal de que o dareis igualmente a este homem!

Depois de receber o beijo, ela foi buscar Tristão e conduziu-o pela mão até a assembleia. Ao vê-lo, os cem cavaleiros levantaram-se de uma só vez, saudaram-no com os braços cruzados sobre o peito, enfileiraram-se ao seu lado, e os irlandeses viram que era ele o seu senhor. Mas muitos o reconheceram, e um grande grito ressoou:

— É Tristão de Loonnois, é o assassino do Morholt! — As espadas desembainhadas brilharam e vozes furiosas repetiram: — Que morra!

Mas Isolda exclamou:

— Rei, beija este homem na boca, como prometeste!

E o rei beijou-o na boca, e o clamor foi apaziguado.

Então, Tristão mostrou a língua do dragão e ofereceu-se em combate para o senescal, que não ousou aceitá-lo e reconheceu seu crime. Depois, Tristão assim falou:

— Senhores, eu matei o Morholt, mas cruzei o mar para oferecer-vos uma bela emenda. A fim de redimir o mal feito, coloquei meu corpo em perigo de morte e livrei-vos do monstro e assim conquistei Isolda, a Loura, a Bela. Tendo-a conquistado, a levarei em minha nau. Mas, para que pelas terras da Irlanda e da Cornualha não se espalhe mais o ódio, e sim o amor, sabei que o rei Marc, meu caro senhor, irá desposá-la. Eis aqui uma centena de cavaleiros de alta estirpe prestes a jurar sobre as relíquias dos santos que o rei Marc vos envia paz e amor, que seu desejo é honrar Isolda como sua querida esposa e que todos os homens da Cornualha a servirão como sua senhora e rainha.

Os corpos dos santos foram trazidos com grande júbilo, e os cem cavaleiros juraram que Tristão havia falado a verdade.

O rei tomou Isolda pela mão e perguntou a Tristão se ele a conduziria lealmente a seu senhor. Diante de seus cem cavaleiros e dos barões da Irlanda, Tristão jurou. Isolda, a Loura, tremia de vergonha e angústia. Pois Tristão, depois de conquistá-la, desprezava-a. O lindo conto do fio de cabelo de ouro era apenas uma mentira, e era a outro que ele a entregava... Mas o rei colocou a mão direita de Isolda na mão direita de Tristão, e este segurou-a em sinal de que se apossava dela, em nome do rei da Cornualha.

Assim, por amor ao rei Marc, por sua astúcia e força, Tristão completou a busca da rainha dos cabelos de ouro.

IV.

O FILTRO

Nein, ezn was niht mit wine,
doch ez im glich wære,
ez was diu wernde swaere,
diu endelôse herzenôt,
von der si beide lagen tôt.

– Gottfried de Estrasburgo

Quando se aproximou a hora de entregar Isolda aos cavaleiros da Cornualha, sua mãe reuniu ervas, flores e raízes, misturando-as ao vinho, e preparou uma beberagem poderosa. Depois de finalizá-la pela ação da ciência e da magia, verteu-a em um jarro e disse secretamente a Brangien:

— Filha, deves seguir Isolda até a terra do rei Marc, e sei que a amas com amor fiel. Portanto, toma esse jarro de vinho e lembra-te de minhas palavras. Esconde-o de forma que nenhum olho possa vê-lo e nenhum lábio dele se aproxime. Mas, quando chegar a noite de núpcias e o momento de os esposos ficarem a sós, derrama esse vinho com ervas em uma taça e apresenta-a, para que dela bebam juntos, ao rei Marc e à rainha Isolda. Toma cuidado, filha minha, para que apenas eles possam provar desta bebida. Pois tal é sua virtude: aqueles que dela bebem juntos amarão um ao outro com todos os seus sentidos e com todo o seu pensamento, para sempre, na vida e na morte.

Brangien prometeu à rainha que faria de acordo com sua vontade.

A nau, cortando as ondas profundas, levava Isolda. Mas, quanto mais ela se afastava da terra da Irlanda, mais tristemente a jovem se lamentava. Sentada sob a tenda onde se trancara com Brangien, sua serva, ela chorava de saudades de seu país. Para onde esses estrangeiros a levavam? Para quem? Para qual destino? Quando Tristão se aproximava dela, querendo acalmá-la com palavras doces, ela irritava-se, rejeitava-o, e o ódio tomava conta de seu coração. Ele viera, ele, o raptor, ele, o assassino do Morholt; ele a arrebatara de sua mãe e de seu país com suas artimanhas; ele não se havia dignado a guardá-la para si mesmo e agora ali estava ele, levando-a como sua presa, pelas ondas, em direção à terra inimiga!

— Desprezível! — dizia ela. — Maldito seja o mar que me carrega! Preferiria morrer na terra onde nasci a viver nesse lugar!...

Certo dia, os ventos cessaram e as velas pendiam inertes ao longo do mastro. Tristão desembarcou em uma ilha e, cansados do mar, os cem cavaleiros da Cornualha e os marinheiros desceram para a praia. Apenas Isolda permanecia na nau, com uma pequena serva. Tristão foi até a rainha e tentou acalmar seu coração. Como o sol estava forte e ambos estivessem com sede, pediram algo para beber. A criança procurou uma bebida e descobriu o jarro confiado a Brangien pela mãe de Isolda.

— Achei vinho! — exclamou ela para os dois. Não, não era

vinho: era a paixão, era a alegria amarga e a angústia sem fim, era a morte. A criança encheu um cálice e apresentou-o à sua senhora. Ela tomou grandes goles e em seguida estendeu-o a Tristão, que o esvaziou.

Naquele instante, Brangien entrou e viu-os olhando-se em silêncio, como se estivessem perdidos, maravilhados. Viu diante deles o jarro quase vazio e o cálice. Pegou o jarro, correu até a popa e jogou-o nas ondas, lamentando:

— Infeliz! Maldito seja o dia em que nasci e maldito seja o dia em que subi nesta nau! Isolda, amiga, e vós, Tristão, foi à vossa morte que bebestes!

Mais uma vez, a nau velejou em direção a Tintagel. Parecia a Tristão que uma amoreira perene, com espinhos afiados, com flores perfumadas, cravava suas raízes no sangue de seu coração e, com poderosos liames, entrelaçava seu corpo ao belo corpo de Isolda, e a todos os seus pensamentos, e a todos os seus desejos. Pensava ele: "Andret, Denoalen, Guenelon e Gondoïne, criminosos que me acusáveis de cobiçar a terra do rei Marc, ah! Sou ainda mais vil, e não é sua terra que cobiço! Belo tio, que me amastes órfão antes mesmo de reconhecer o sangue de vossa irmã Blanchefleur, vós que choráveis ternamente por mim, enquanto vossos braços me carregavam para o barco sem remos nem velas, belo tio, por que não afugentastes, desde o primeiro dia, a criança errante vinda para vos trair? Ah! Em que pensei eu? Isolda é vossa mulher, e eu vosso vassalo. Isolda é vossa mulher, e eu vosso filho. Isolda é vossa mulher e não pode me amar".

Isolda amava-o. Queria odiá-lo, no entanto: ele não a desprezara de forma tão vil? Ela queria odiá-lo e não podia, irritada em seu coração por essa ternura mais dolorosa do que o ódio.

Brangien observava-os com angústia, ainda mais cruelmente atormentada, pois só ela sabia o mal que havia causado. Por dois dias ela observou-os, viu-os rejeitar toda comida, bebida e conforto, procurando-se como cegos que caminham tateando no escuro, um na direção do outro, infelizes quando, separados, definhavam; ainda mais infelizes quando, reunidos, estremeciam diante do horror da primeira confissão.

No terceiro dia, como Tristão aproximava-se da tenda erguida sobre o convés da nau, onde Isolda estava sentada, ela viu-o aproximar-se e disse-lhe humildemente:

— Entrai, senhor.

— Rainha — disse Tristão —, por que me chamar de senhor? Não sou vosso soberano, mas, pelo contrário, vosso vassalo, para reverenciar-vos, servir-vos e amar-vos como minha rainha e minha senhora?

Isolda respondeu:

— Não, tu sabes que és meu senhor e meu mestre! Tu sabes que tua força me domina e que sou tua serva! Ah! Por que não reavivei há pouco as chagas do menestrel ferido? Por que não deixei o assassino de monstros perecer na relva do pântano? Por que não fiz cair sobre ele, quando jazia no banho, a espada já no ar? Ai de mim! Não sabia então o que sei hoje!

— Isolda, de que sabeis hoje? O que vos atormenta?

— Ah! Tudo que sei me atormenta e também tudo que vejo. Este céu me atormenta, e esse mar, e meu corpo e minha vida!

Ela pousou o braço no ombro de Tristão; as lágrimas apagaram o brilho de seus olhos, seus lábios estremeceram. Ele repetiu:

— Amiga, o que vos atormenta?

Ela respondeu:

— O amor por vós.

Então ele pousou seus lábios nos dela.

Mas, como pela primeira vez ambos experimentavam a alegria do amor, Brangien, que os observava, soltou um grito e, os braços estendidos, o rosto encharcado de lágrimas, atirou-se a seus pés:

— Infelizes! Parai e retornai, se é que ainda podeis! Mas não, o caminho é sem volta, a força do amor já vos arrasta, e nunca mais tereis alegria sem dor. É o vinho com ervas que vos possui, a beberagem de amor que vossa mãe, Isolda, me confiara. Sozinho, o rei Marc deveria bebê-la convosco; mas o Inimigo zombou de nós três, e fostes vós que esvaziastes o cálice. Amigo Tristão, amiga Isolda, em punição pela má proteção que fiz, entrego-vos meu corpo, minha vida; pois, por meu crime, na taça maldita, bebestes o amor e a morte!

Os amantes abraçaram-se; desejo e vida estremeciam em seus belos corpos. Tristão disse:

— Então que venha a morte!

E, ao cair da noite, na nau que disparava rapidamente rumo à terra do rei Marc, unidos para sempre, abandonaram-se ao amor.

V.

Brangien Entregue AOS SERVOS

> *Sobre toz avrai gran valor,*
> *S'aitals camisa m'es dada,*
> *Cum Iseus det a l'amador,*
> *Que mai non era portada.*
> – Rambaut, conde de Orange

O rei Marc recepcionou Isolda, a Loura, na praia. Tristão pegou-a pela mão e conduziu-a diante do rei. O rei apossou-se dela, tomando-a, por sua vez, pela mão. Com grande honra, levou-a até o castelo de Tintagel e, quando ela surgiu no salão entre os vassalos, sua beleza lançou tanta claridade no recinto que as paredes se iluminaram como se atingidas pelo sol nascente. Então, o rei Marc louvou as andorinhas que, por bela cortesia, haviam-lhe trazido o fio de cabelo de ouro; louvou Tristão e os cem cavaleiros que, sobre a nau venturosa, tinham ido buscar a alegria de seus olhos e de seu coração. Mas que tristeza! A nau também vos traz, nobre rei, dor pungente e grandes tormentos.

Dezoito dias depois, tendo convocado todos os seus barões, ele tomou Isolda, a Loura, por esposa. Mas, quando veio a noite, Brangien, a fim de esconder a desonra da rainha e de salvá-la da morte, tomou o lugar de Isolda no leito nupcial. Como punição à falta de zelo no mar e por amor à sua amiga, ela sacrificou-lhe, fiel, a pureza de seu corpo. A obscuridade da noite escondeu do rei sua artimanha e sua vergonha.

Nesse ponto, os narradores afirmam que Brangien não jogara no mar o frasco de vinho com ervas, que não havia sido esvaziado completamente pelos amantes; mas que, pela manhã, depois que sua senhora entrara por sua vez no leito do rei Marc, Brangien verteu em uma taça o restante do filtro e apresentou-a aos esposos; que Marc bebeu largamente e que Isolda jogou sua parte fora. Mas sabei, senhores, que esses narradores corromperam a história, distorcendo-a. Se imaginaram tal mentira, é porque não entenderam o amor maravilhoso que Marc sempre teve pela rainha. Certamente, como em breve ouvireis, apesar da angústia, do tormento e das terríveis represálias, Marc nunca foi capaz de expulsar de seu coração nem Isolda nem Tristão. Mas sabei, senhores, que ele não havia bebido do vinho com ervas. Sem veneno, sem feitiço; somente a terna nobreza de seu coração o inspirou a amar.

Isolda é rainha e parece viver em alegria. Isolda é rainha e vive na tristeza. Isolda tem a ternura do rei Marc para si, os barões a veneram, e toda a gente menor a estima. Isolda passa seus dias em aposentos ricamente pintados e repletos de flores. Isolda tem nobres joias, lençóis de púrpura e tapetes da Tessália, tem as canções dos harpistas e cortinados em que são trabalhados leopardos, aleriões, papagaios e todos os animais do mar e das florestas. Isolda tem seus vivos e belos amores e Tristão ao seu lado, livremente, dia e noite; pois, como é o costume entre os grandes senhores, ele dorme nos aposentos reais, em meio aos íntimos e fiéis. No entanto, Isolda treme. Por que tremer? Não mantém ela seus amores em segredo? Quem suspeitaria de Tristão? Quem suspeitaria de um filho?

Quem a vê? Quem a observa? Quem de testemunha? Sim, uma testemunha observa-a, Brangien; Brangien a vigia. Somente Brangien conhece sua vida, Brangien tem-na à sua mercê. Por Deus! Se, cansada de preparar todos os dias como uma serva a cama em que foi a primeira a deitar-se, ela os denunciasse ao rei! Se Tristão morresse por seu crime!... Por isso, o medo enlouquece a rainha. Não, não é de Brangien, a Fiel, é do seu próprio coração que vem seu tormento. Ouvi, senhores, a grande traição que ela concebeu. Mas Deus, como vós ouvireis, teve compaixão dela; vós, também, sede com ela compassivos!

Naquele dia, Tristão e o rei caçavam ao longe, e Tristão não soube de tal crime. Isolda mandou virem dois servos, prometeu-lhes liberdade e sessenta besantes de ouro se jurassem fazer-lhe a vontade. Eles fizeram tal juramento.

— Eu vos darei, então — disse ela —, uma jovem; vós a levareis para a floresta, longe ou perto, mas a um lugar onde ninguém possa jamais descobrir a aventura; ali, vós a matareis e me trareis sua língua. Lembrai-vos, para repeti-las para mim, das palavras que ela lhes tiver dito. Ide; ao voltardes, sereis homens livres e ricos.

Então chamou Brangien:

— Amiga, vês como meu corpo definha e sofre; não irias tu procurar na floresta as plantas adequadas para este mal? Dois servos aqui estão, eles te acompanharão; sabem onde crescem as ervas eficazes. Segue-os, irmã, e fica sabendo de uma coisa: se te envio para a floresta, é por causa de meu descanso e de minha vida!

Os servos levaram-na. Chegando à floresta, ela quis parar, pois as plantas benéficas cresciam ao seu redor em quantidade suficiente. Mas eles a conduziram para mais longe:

— Vamos, moça, não é aqui o lugar apropriado.

Um dos servos caminhava à sua frente, seu companheiro

a seguia. Não havia mais trilha aberta, mas apenas aguilhões, espinhos e cardos emaranhados. Então, o homem que andava à frente desembainhou sua espada e virou-se. Ela atirou-se ao outro servo para pedir-lhe ajuda; ele também empunhava a espada nua e disse:

— Moça, devemos matar-te.

Brangien caiu na relva e seus braços tentavam afastar as pontas das espadas. Pedia clemência com uma voz tão lamentável e terna que eles disseram:

— Moça, se a rainha Isolda, tua senhora e também nossa, quer que morras, sem dúvida fizeste-lhe um grande mal.

Ela respondeu:

— Não sei, amigos, lembro-me de apenas um único delito. Quando saímos da Irlanda, cada uma de nós levava, como o mais caro dos trajes, uma camisola branca como a neve, uma camisola para nossa noite de núpcias. No mar, aconteceu que Isolda rasgou sua camisola nupcial e, para a noite de suas núpcias, eu emprestei-lhe a minha. Amigos, eis aí todo o mal que lhe fiz. Mas, já que ela quer que eu morra, dizei que lhe envio minhas saudações e meu amor e que lhe agradeço por tudo que ela me fez de bom e de nobre desde quando, ainda criança, raptada por piratas, fui vendida para sua mãe e destinada a servi-la. Que Deus, em sua bondade, guarde sua honra, seu corpo, sua vida! Irmãos, feri-me agora!

Os servos tiveram pena. Aconselharam-se e, julgando que talvez tal delito não valesse uma pena de morte, amarraram-na a uma árvore.

Então, mataram um cachorrinho: um deles cortou-lhe a língua, encerrou-a em uma dobra de sua capa, e ambos reapareceram diante de Isolda.

— Ela falou? — perguntou Isolda, ansiosa.

— Sim, rainha, ela falou. Disse que vos irritastes por causa de uma única falha: havíeis rasgado no mar uma camisola branca como a neve que trazíeis da Irlanda, e ela vos emprestou a dela na noite de vossas núpcias. Esse foi, disse ela, seu único crime. Ela vos agradeceu por tantas bênçãos recebidas desde sua infância e pediu a Deus para proteger vossa honra e vossa vida. Enviou-vos suas saudações e seu amor. Rainha, aqui está sua língua, que vos trouxemos.

— Assassinos! — gritou Isolda. — Devolvei-me Brangien, minha querida serva! Não sabíeis vós que ela era minha única amiga? Assassinos, devolvei-a para mim!

— Rainha, com razão dizem: "A mulher muda em poucas horas: ao mesmo tempo uma mulher ri, chora, ama, odeia". Nós a matamos, pois assim vós ordenastes!

— Como poderia eu ter ordenado? Por que delito? Não era ela minha querida companheira, a doce, a fiel, a bela? Vós sabíeis muito bem, assassinos: eu a enviara para buscar ervas benéficas e a confiei a vós para que a protegêsseis na estrada. Mas direi que vós a matastes e sereis queimados sobre as brasas.

— Rainha, sabei, então, que ela está viva e que vamos trazê-la de volta, sã e salva.

Mas ela não acreditava neles e, como alucinada, alternava-se entre amaldiçoar os assassinos e a si mesma. Manteve um dos servos junto dela enquanto o outro correu para a árvore em que Brangien estava amarrada:

— Bela, Deus teve compaixão de vós, e agora vossa senhora a chama de volta!

Quando apareceu diante de Isolda, Brangien ajoelhou-se, pedindo-lhe que a perdoasse por suas faltas; mas também a rainha caiu de joelhos diante dela, e ambas, abraçadas, desfaleceram por um longo tempo.

VI.

O Grande
PINHEIRO

Isot ma drue, Isot m'amie,
En vos ma mort, en vos ma vie!
– Gottfried de Estrasburgo

Não é de Brangien, a Fiel, mas deles mesmos que os amantes devem ter medo. Porém, como seus corações embriagados seriam vigilantes? O amor os incita, como a sede precipita para o rio o cervo rumo à sua morte; ou ainda, depois de um longo jejum, o falcão subitamente cai sobre sua presa. Que miséria! O amor não pode se calar. Certamente, pela prudência de Brangien, ninguém surpreendeu a rainha nos braços de seu amigo; mas, a todo momento, em todo lugar, não viam todos como o desejo os agitava, os enlaçava, transbordava de todos os seus sentidos, como o vinho novo escorre do tonel?

Os quatro desleais da corte, que odiavam Tristão por sua bravura, já rondavam a rainha. Já conhecem a verdade sobre seus belos amores. Queimam de cobiça, ódio e alegria. Levarão a notícia ao rei. Verão a ternura transformar-se em fúria; Tristão, expulso ou entregue à morte e o tormento da rainha. Temem, no entanto, a cólera de Tristão; mas, por fim, seu ódio dominou seu terror; certo dia, os quatro barões chamaram o rei Marc para falar-lhe, e Andret disse:

— Belo rei, teu coração sem dúvida ficará irritado e nós quatro muito lamentaremos; mas devemos revelar-te o que surpreendemos. Puseste teu coração em Tristão, e Tristão quer execrar-te. Em vão nós advertimos-te; por amor a um único homem, ignoras toda a tua família e teu baronato e nos abandonas a todos. Sabei, pois, que Tristão ama a rainha: é verdade provada e já se fala muito a respeito.

O nobre rei vacilou e respondeu:

— Covarde! Em que crime pensaste! Certamente coloquei meu coração em Tristão. No dia em que o Morholt lhes propôs combate, vós todos curvaram vossas cabeças, tremendo, tais quais mudos; mas Tristão enfrentou-o pela honra desta terra e, por causa de cada uma de suas feridas, sua alma poderia ter se elevado. É por isso que vós o odiais, e é por isso que o amo, mais do que a ti, Andret, mais que a vós todos, mais do que qualquer um. Mas o que afirmais ter descoberto? O que vistes? O que escutastes?

— Nada, na verdade, senhor, nada que teus olhos não possam ver, nada que tuas orelhas não possam escutar. Olha, escuta, belo *sire*; talvez ainda haja tempo.

E, depois de se retirarem, deixaram-no à vontade para saborear o veneno.

O rei Marc não pôde livrar-se da maldição. Por sua vez, contra seu coração, espiou o sobrinho, espiou a rainha. Mas Brangien percebeu, advertiu-os e, em vão, o rei tentou testar Isolda com artimanhas. Logo indignou-se com esse vil combate e, percebendo que não poderia mais repelir as suspeitas, convocou Tristão e disse-lhe:

— Tristão, afasta-te deste castelo; e, quando o tiveres deixado, não ouses mais cruzar seus fossos nem seus pátios. Desleais acusam-te de grande traição. Não me questiones:

não poderia reportar suas palavras sem execrar nós dois. Não procures palavras que me acalmem: posso sentir, seriam inúteis. Porém, não acredito nos infiéis: se acreditasse, já não te teria eu lançado a uma morte vergonhosa? Mas suas palavras maldosas perturbaram meu coração, e somente tua partida o acalmará. Parte; sem dúvida, em breve te chamarei de volta; parte, meu filho sempre querido!

Quando os desleais ouviram a notícia, disseram entre si:

— Ele se foi! Ele partiu, o feiticeiro, expulso como um ladrão! O que será dele a partir de agora? Sem dúvida, vai cruzar o mar em busca de aventuras e prestar seu serviço desleal a algum rei distante!

Não, Tristão não teve forças para partir; e, depois de cruzar os pátios e os fossos do castelo, percebeu que não poderia ir mais além. Parou no próprio burgo de Tintagel, hospedou-se com Gorvenal na casa de um burguês e definhou, torturado pela febre, ainda mais ferido do que antes, quando a lança do Morholt envenenara seu corpo. Naquela ocasião, enquanto jazia na cabana construída ao largo das ondas e todos fugiam da fetidez de suas feridas, três homens, no entanto, ajudaram-no: Gorvenal, Dinas de Lidan e o rei Marc. Agora, Gorvenal e Dinas ainda se mantinham à sua cabeceira; mas o rei Marc não vinha mais, e Tristão gemia:

— Certamente, belo tio, meu corpo agora exala o odor de um veneno mais repulsivo, e vosso amor não sabe mais como superar vosso horror.

Mas, implacável, no calor da febre, o desejo carregava-o, como um cavalo, em direção às torres bem trancadas que mantinham a rainha encerrada. Cavalo e cavaleiro chocavam-se contra os muros de pedra; mas cavalo e cavaleiro se levantavam novamente e retomavam a mesma cavalgada sem cessar.

Atrás das torres bem trancadas, Isolda, a Loura, também definha, ainda mais infeliz: pois, entre esses estrangeiros que a observam, ela tem de fingir todos os dias alegria e riso; e, à noite, deitada ao lado do rei Marc, ela precisa domar, imóvel, a agitação de seus membros e os espasmos da febre. Ela quer fugir para Tristão. Tem a impressão de levantar-se e correr para a porta; mas, na entrada escurecida, os desleais estenderam enormes foices: as lâminas afiadas e perversas retêm seus joelhos delicados na passagem. Parece-lhe que vai cair e que, de seus joelhos retalhados, surgem duas fontes vermelhas.

Logo os amantes morrerão se ninguém os socorrer. E quem os socorrerá, além de Brangien? Arriscando sua vida, ela resvalou para a casa onde Tristão definha. Gorvenal abre-lhe a porta e, para salvar os amantes, ela ensina uma artimanha para Tristão.

Não, nunca, senhores, nunca ouvireis falar de mais bela artimanha de amor.

Atrás do castelo de Tintagel, estendia-se um pomar, vasto e cercado por fortes estacas. Ali cresciam belas e inumeráveis árvores, carregadas de frutas, pássaros e cachos perfumados. No ponto mais afastado do castelo, junto às estacas da cerca, um pinheiro elevava-se, alto e ereto, e seu tronco robusto sustentava uma frondosa folhagem. A seu pé, uma enérgica nascente: a água espalhava-se por um enorme lençol, límpido e sereno, limitado por degraus de mármore. Logo além, contida entre duas margens estreitas, ela atravessava o pomar e, penetrando no interior do castelo, cruzava os aposentos das mulheres. Ora, todas as noites, Tristão, aconselhado por Brangien, cortava habilmente pedaços de troncos e pequenos galhos. Escalava as estacas afiadas e, passando por baixo do pinheiro, jogava as lascas na nascente. Leves como espuma, elas flutuavam e fluíam com a correnteza e, nos aposentos das mulheres, Isolda observava sua chegada. Imediatamente, nas noites em que Brangien conseguia afastar o rei Marc e os desleais, ela vinha até seu amigo.

Lá vem ela, ágil e temerosa, observando, no entanto, cada

um de seus passos, no caso de os desleais estarem emboscados atrás das árvores. Mas, assim que Tristão a viu, de braços abertos, lançou-se sobre ela. Então, a noite os protege, assim como a sombra amiga do grande pinheiro.

— Tristão — diz a rainha —, a gente do mar não garante que este castelo de Tintagel é encantado e que, por magia, duas vezes por ano, no inverno e no verão, ele se perde, desaparecendo aos olhos? Perdeu-se ele agora. Não é este o pomar maravilhoso de que falam as trovas da harpa? Uma muralha de ar envolve-o por todos os lados; árvores floridas, um solo perfumado; o herói ali vive sem envelhecer entre os braços de sua amiga, e nenhuma força inimiga pode quebrar a muralha de ar?

Nas torres do Tintagel, já ressoam as cornetas dos vigias anunciando o amanhecer.

— Não — disse Tristão —, a muralha de ar já está quebrada, e este não é o pomar maravilhoso. Mas um dia, amiga, iremos juntos para o afortunado país do qual ninguém retorna. Lá ergue-se um castelo de mármore branco; em cada uma de suas mil janelas brilha um círio aceso; em cada uma, um menestrel toca e canta uma melodia sem fim; lá não brilha o sol e, ainda assim, ninguém sente falta de sua luz: é a terra feliz dos vivos.

Mas, no cimo das torres do Tintagel, o amanhecer ilumina os grandes blocos intercalados de verde e azul.

Isolda recuperou sua alegria. As suspeitas de Marc dissipam-se, e os desleais, ao contrário, percebem que Tristão reviu a rainha. Mas Brangien põe-se em guarda de maneira tão eficiente que eles observam em vão. Por fim, o duque Andret, que Deus o execre!, diz a seus companheiros:

— Senhores, ouçamos o conselho de Frocin, o anão corcunda. Ele conhece as sete artes, a magia e todas as formas de encantamento. Sabe tão bem, quando do nascimento de uma criança, observar os sete planetas e o curso das estrelas, que conta todos os momentos de sua vida com antecedência. Descobre, através do poder de Bugibus e Noiron[14], as coisas secretas. Ele nos revelará, se assim quiser, as artimanhas de Isolda, a Loura.

Por ódio à beleza e à bravura, o homenzinho perverso traçou os caracteres de bruxaria, lançou seus encantos e feitiços, observou o curso de Órion e de Lúcifer e disse:

— Alegrai-vos, belos senhores; hoje à noite, sereis capazes de apanhá-los.

E levaram-no à presença do rei.

— *Sire* — disse o feiticeiro —, ordenai aos vossos caçadores que coloquem a guia nos cães e a sela nos cavalos; anunciai que passareis sete dias e sete noites na floresta, para liderar vossa caçada, e podereis me enforcar se não ouvirdes, ainda esta noite, as palestras que Tristão faz à rainha.

Assim fez o rei, contra seu coração. Ao cair da noite, ele deixou seus caçadores na floresta, pôs o anão na garupa e voltou para Tintagel. Por uma entrada que conhecia, penetrou no pomar, e o anão conduziu-o para debaixo do grande pinheiro.

— Belo rei, convém subirdes nos galhos desta árvore. Levai para o alto vosso arco e vossas flechas: talvez vos sejam úteis. E ficai calado: não esperareis muito.

— Some, cão do Inimigo! — respondeu Marc.

E o anão partiu, levando consigo o cavalo.

Ele dissera a verdade; o rei não esperou muito. Naquela noite, a lua brilhava, clara e bela. Escondido na folhagem, o rei viu seu sobrinho saltar por sobre as estacas afiadas. Tristão veio para debaixo da árvore e jogou as lascas na água. Mas, ao inclinar-se sobre a nascente, para jogá-las fora, viu, refletida na água, a imagem do rei. Ah! Se ele pudesse deter as lascas que se evadiam! Mas não, elas correm, rapidamente, pelo pomar.

---

14 Seres maléficos da mitologia celta.

Lá, nos aposentos das mulheres, Isolda observa sua chegada. Sem dúvida, já as vê e põe-se a correr. Que Deus proteja os amantes!

Ela vem. Sentado, imóvel, Tristão olha para ela e, na árvore, ouve o rangido da flecha, que se encaixa na corda do arco.

No entanto, ela vem ágil e prudente, como costumava fazer. "O que se passa?", pensou. "Por que Tristão não vem correndo ao meu encontro? Teria visto ele algum inimigo?"

Ela para e procura com o olhar nos matagais escurecidos. De repente, sob o luar, percebe, por sua vez, a sombra do rei na nascente. Ela demonstra muito bem a sabedoria das mulheres ao não erguer os olhos para os galhos da árvore:

— Senhor Deus! — diz baixinho. — Apenas conceda-me que eu possa falar primeiro!

Aproxima-se um pouco mais. Ouvi como ela se adianta e previne seu amigo:

— *Sire* Tristão, quanta ousadia! Atrair-me para um lugar destes, a esta hora! Inúmeras vezes já me mandastes chamar, para me suplicar, dizíeis vós. Que súplicas são essas? O que esperais de mim? Cá estou, afinal, pois não pude esquecer que, sendo rainha, vos devo tanto. Então eis-me aqui: o que quereis vós?

— Rainha, implorar-vos misericórdia, para que acalmeis o rei!

Ela treme e chora. Mas Tristão louva o senhor Deus, que mostrou o perigo à sua amiga.

— Sim, rainha, chamei-vos muitas vezes e sempre em vão: nunca, desde que o rei me expulsou, vos dignastes a atender a meu apelo. Mas tende piedade do miserável que aqui está. O rei me odeia, ignoro o porquê; mas vós sabeis, talvez. E quem além de vós, então, poderia acalmar sua cólera, somente vós, rainha franca e cortês Isolda, em quem seu coração confia?

— Na verdade, *sire* Tristão, ignorais ainda que ele suspeita de nós dois? E de que traição! É preciso, para aumentar minha vergonha, que seja eu quem vos explique? Meu senhor acredita que eu vos amo com um amor culpado. Deus, no entanto, sabe-o bem e, caso eu minta, que ele despreze meu corpo! Nunca dei meu amor a nenhum outro homem, exceto àquele que primeiro me possuiu, virgem, entre seus braços. E quereis vós, Tristão, que eu implore ao rei vosso perdão? Mas, se apenas ele soubesse que vim para baixo deste pinheiro, amanhã mandaria jogar minhas cinzas ao vento!

Tristão lamenta:

— Belo tio, dizem que "ninguém é mau a menos que tenha feito maldades". Mas em que coração poderia surgir tal suspeita?

— *Sire* Tristão, que quereis dizer? Não, o rei, meu senhor, não teria imaginado por si só tamanha maldade. Mas os desleais desta terra fizeram-no acreditar em tal mentira, pois é fácil enganar os corações leais. Eles amam-se, disseram-lhe eles, e os desleais tornaram-nos criminosos. Sim, vós me amáveis, Tristão, por que negá-lo? Não sou a esposa de vosso tio e não vos salvara duas vezes da morte? Sim, eu também vos amava em retorno: não sois da linhagem do rei, e não ouvi inúmeras vezes minha mãe repetir que uma mulher ama seu senhor tanto quanto ama a família de seu senhor? É por amor ao rei que eu vos amava, Tristão. Ainda agora, se ele vos receber com seu perdão, ficarei feliz. Mas meu corpo treme, estou apavorada, devo partir, já fiquei tempo demais.

Entre os ramos, o rei teve pena e sorriu suavemente. Isolda fugiu; Tristão chamou-a de volta:

— Rainha, em nome do Salvador, vinde em meu auxílio, por caridade! Os covardes queriam afastar do rei todos aqueles que o amam. Eles conseguiram e agora zombam dele. Que assim seja. Irei, então, embora deste país, para longe, miserável como já lá estive no passado. Mas ao menos obtende do rei, em reconhecimento aos meus serviços anteriores, para que eu possa cavalgar para longe daqui sem vergonha, o suficiente para pagar minhas despesas, para libertar meu cavalo e minhas armas.

— Não, Tristão, não devíeis ter-me feito tal pedido. Estou sozinha nesta terra, sozinha neste palácio onde ninguém me ama, sem apoio de ninguém, à mercê do rei. Se eu lhe disser uma só palavra por vós, não vedes vós que corro o risco de uma morte vergonhosa? Amigo, que Deus vos proteja! O rei incorre em grande erro ao vos odiar. Mas, onde quer que fordes, o senhor Deus vos será um verdadeiro amigo.

Ela parte e foge para seu quarto, onde Brangien toma-a, tremendo, em seus braços. A rainha conta-lhe a aventura. Brangien exclama:

— Isolda, minha senhora, Deus fez um grande milagre por vós! Ele é pai compassivo e não quer o mal daqueles que sabe inocentes.

Sob o grande pinheiro, Tristão, encostado nos degraus de mármore, lamentava-se:

— Que Deus tenha piedade de mim e repare a grande injustiça que sofro de meu querido senhor.

Depois de cruzar a cerca do pomar, o rei disse, sorrindo:

— Lindo sobrinho, bendita seja esta hora! Vê: a cavalgada distante que preparavas esta manhã já terminou!

Longe dali, em uma clareira na floresta, o anão Frocin interrogava o curso das estrelas. Leu que o rei o ameaçava de morte; enegreceu de medo e de vergonha, inchou de raiva e fugiu imediatamente para a terra de Gales.

VII.

O Anão
FROCIN

Wê dem selbin getwerge,
Daz er den edelin man vorrit!

– Eilhart d'Oberg

O rei Marc fez as pazes com Tristão. Deu-lhe permissão para voltar ao castelo e, como antes, Tristão dorme nos aposentos do rei, entre os íntimos e os fiéis. Sempre que o quer, pode entrar, pode sair: o rei não tem mais preocupações a respeito. Mas quem é capaz de manter por muito tempo seus amores em segredo?

Marc perdoara os desleais, e como o senescal Dinas de Lidan encontrara certo dia, em uma floresta distante, errante e miserável, o anão corcunda, trouxe-o de volta ao rei, que teve pena e perdoou-o por sua falta.

Mas sua bondade apenas despertou o ódio dos barões. Tendo novamente surpreendido Tristão e a rainha, aliaram-se por este juramento: se o rei não expulsasse o sobrinho do país, eles se retirariam para seus castelos fortificados para guerreá-lo. Chamaram o rei para falar-lhe:

— Senhor, ama-nos, odeia-nos, à tua escolha: mas queremos que tu expulses Tristão. Ele ama a rainha e não vê quem não quer, mas nós não nos submeteremos mais.

O rei ouve-os, suspira, abaixa a testa, cala-se.

— Não, rei, não vamos mais nos submeter, pois agora sabemos que esta notícia, estranha no passado, não te surpreende mais, e consentes com seu crime. Que farás tu? Delibera e aconselha-te. Quanto a nós, se não afastares teu sobrinho de uma vez por todas, nos retiraremos para nossos baronatos e também arrastaremos nossos vizinhos para fora da tua corte, pois não podemos suportar que eles aqui fiquem. Tal é a escolha que te oferecemos; escolhe, portanto!

— Senhores, certa vez acreditei nas horrendas palavras que me dizíeis sobre Tristão e me arrependi. Mas vós sois meus fiéis e não quero perder o serviço de meus homens. Aconselhai-me, então, peço-vos, pois me deveis conselho. Sabeis muito bem que evito todo orgulho e excesso.

— Então, senhor, ordenai a presença do anão Frocin. Desconfiais dele por causa da aventura do pomar. No entanto, ele não leu nas estrelas que a rainha viria naquela noite para debaixo do pinheiro? Ele sabe muitas coisas; tomai o seu conselho.

Veio correndo o maldito corcunda, e Denoalen abraçou-o. Ouvi a traição que ele proferiu ao rei:

— *Sire*, ordena ao teu sobrinho que amanhã, ao alvorecer, a galope, cavalgue até Carduel para levar ao rei Arthur uma mensagem em pergaminho, bem selada com cera. Rei, Tristão dorme ao lado de teu leito. Deixa teu quarto na hora do primeiro sono e, juro-te por Deus e pela lei de Roma, se ele ama Isolda com louco amor, quererá falar-lhe antes de sua partida; mas, se partir sem que eu o saiba e sem que tu o vejas, então mata-me. Quanto ao resto, deixa-me encarregar da aventura, só toma cuidado para não avisar Tristão sobre a mensagem antes da hora de deitar.

— Sim — respondeu Marc. — Que assim seja!

Então, o anão cometeu uma deslealdade terrível. Foi até um padeiro e comprou, por quatro denários[15], polvilho de trigo, escondendo-o no colo de suas vestes. Ah! Quem pensaria em tamanha traição? Ao cair da noite, quando o rei fizera sua refeição e seus homens dormiam no vasto cômodo ao lado de seu quarto, Tristão veio, como de costume, à hora de dormir do rei Marc.

— Belo sobrinho, fazei minha vontade: cavalgai na direção do rei Arthur, até Carduel, e apresentai-lhe esta mensagem. Cumprimentai-o de minha parte e não fiqueis mais de um dia com ele.

— Rei, amanhã a levarei.

— Sim, amanhã, antes que o dia amanheça.

Eis que Tristão tomou-se de aflição. De seu leito ao leito de Marc, havia de fato o comprimento de uma lança. Um desejo furioso de falar com a rainha apoderou-se dele, e prometeu a si mesmo em seu coração que, ao amanhecer, caso Marc estivesse dormindo, ele se aproximaria dela. Ah! Deus! Que ideia louca!

O anão dormia, como era seu costume, no quarto do rei. Quando pensou que todos dormiam, levantou-se e espalhou o polvilho de trigo entre o leito de Tristão e o da rainha: se um dos dois amantes se reunisse com o outro, a farinha marcaria o formato de seus pés. Mas, ao espalhá-lo, Tristão, que permanecia acordado, tudo viu.

---

15 Pequena moeda de prata, parte do sistema monetário romano. (N. do T.)

— Que dizer disto? Este anão não tem o hábito de servir-me para o meu bem, mas ficará desapontado: louco seria quem lhe deixasse marcar suas pegadas!

À meia-noite, o rei levantou-se e saiu, seguido pelo anão corcunda. Estava escuro no quarto: nenhum círio aceso, nenhuma lamparina. Tristão levantou-se de seu leito. Deus! Por que teve ele tal ideia? Ele junta os pés, calcula a distância, salta e cai no leito do rei. Que miséria! Na véspera, na floresta, o focinho de um grande javali machucou sua perna e, para seu infortúnio, o ferimento não fora coberto por curativos. No esforço do salto, ele se abre, sangra, mas Tristão não vê o sangue que escorre e mancha de vermelho os lençóis. Lá fora, ao luar, o anão, por força de sua feitiçaria, soube que os amantes estavam reunidos. Estremeceu de alegria e disse ao rei:

— Vai. E, se não os pegares juntos agora, manda enforcar-me!

Eles vêm para o quarto, o rei, o anão e os quatro desleais. Mas Tristão escutou-os: levanta-se, lança-se e atinge seu leito... Que miséria! Na passagem, o sangue do ferimento escorreu, por desgraça, no polvilho.

Eis o rei, os barões e o anão, que carrega uma luz. Tristão e Isolda fingiam dormir. Foram deixados sozinhos no quarto, com Perinis, que dormia aos pés de Tristão e não se mexia. Mas o rei viu sobre seu leito os lençóis completamente avermelhados e, no chão, o polvilho de trigo ensopado de sangue fresco.

Então, os quatro barões, que odiavam Tristão por sua bravura, mantêm-no em seu leito e ameaçam a rainha, zombam dela, insultam-na e prometem-lhe justiça. Descobrem a ferida sangrando:

— Tristão — disse o rei —, de nada valeria desmentir-me a partir de agora; morrereis amanhã.

Ele grita:

— Concedei-me misericórdia, senhor! Em nome do Deus que sofreu a paixão, senhor, tende piedade de nós!

— Senhor, vinga-te! — respondem os desleais.

— Belo tio, não é por mim que vos imploro; que me importa morrer? Certamente, não fosse pelo medo de vos enraivecer, retaliaria essa afronta desses covardes, que, sem a vossa proteção, não teriam ousado tocar meu corpo com as mãos. Mas, por respeito e por amor a vós, entrego-me à vossa misericórdia; fazei de mim de acordo com a vossa vontade. Eis-me aqui, senhor, mas tende piedade da rainha!

E Tristão curva-se e humilha-se a seus pés.

— Piedade pela rainha, pois, se houver um homem em tua casa ousado o suficiente para sustentar essa mentira de que a amei com amor culpado, ele me encontrará em pé diante dele em campo fechado. *Sire*, conceda-lhe misericórdia, em nome do senhor Deus!

Mas os barões amarraram-no com cordas, tanto ele quanto a rainha. Ah! Se ele soubesse que não lhe seria possível provar sua inocência em um combate individual, teriam de esquartejá-lo vivo antes de fazê-lo sofrer a vilania de ser amarrado.

Ele, porém, confiava em Deus e sabia que, em campo fechado, ninguém ousaria brandir uma arma contra ele. Quando jurava que nunca amara a rainha com amor culpado, os desleais riram da insolente hipocrisia. Contudo, rogo-vos, senhores, que conheceis a verdade do filtro bebido no mar e que compreendeis bem, dizia ele uma mentira? Não é o fato que prova o crime, e sim o julgamento. Os homens veem o fato, no entanto, Deus vê os corações, e Ele, somente Ele, é o verdadeiro juiz. Ele, portanto, instituiu que todo homem acusado poderia defender seus direitos em combate, e Ele mesmo combate ao lado dos inocentes. É por isso que Tristão exigiu justiça e batalha e tomou cuidado para não cometer nenhuma falta contra o rei Marc. Mas, se ele pudesse prever o que aconteceria, teria matado os desleais. Ah! Deus! Por que ele não os matou?

VIII.

O SALTO
da Capela

> *Qui voit son cors et sa façon,*
> *Trop par avroit le cuer felon*
> *Qui nen avroit d'Iseut pitié.*
> — Béroul

Pelo burgo, na noite escura, corre a notícia: Tristão e a rainha foram apanhados; o rei quer matá-los. Ricos burgueses e a gente menor, todos choram!

— Que miséria! Devemos realmente chorar! Tristão, ousado barão, morrereis, pois, por tão horrível traição? E vós, rainha leal, rainha honrada, em que terra nascerá filha de rei tão bela, tão querida? Então é essa, ano corcunda, a obra de tuas adivinhações? Que ele nunca veja a face de Deus, aquele que, tendo te encontrado, não crave sua lança em teu corpo! Tristão, belo e querido amigo, quando o Morholt, vindo para arrebatar nossos filhos, pousou nesta costa, nenhum de nossos barões ousou armar-se contra ele, e todos emudeceram-se. Mas vós, Tristão, vós combatestes por todos nós, homens da Cornualha, e matastes o Morholt. E ele vos feriu com sua lança, e quase morrestes por nós. Hoje, em memória dessas coisas, deveríamos consentir vossa morte?

As lamentações, os gritos sobem pelo burgo; todos correm ao palácio. Mas tal é a fúria do rei que não há barão, nem forte nem orgulhoso o bastante, para atrever-se a arriscar uma só palavra para dobrá-lo.

O dia aproxima-se, a noite parte. Antes de o sol nascer, Marc cavalga para fora da cidade, para o lugar onde costumava presidir suas audiências e seus julgamentos. Ordena que uma cova seja cavada na terra e que a preencham com galhos nodosos e pontiagudos, e espinhos brancos e pretos, arrancados com suas raízes.

À boa hora, ele manda proclamar por todo o país que sejam convocados imediatamente os homens da Cornualha. Eles reúnem-se com grande barulho: não há quem não chore, exceto o anão de Tintagel. Então, o rei falou-lhes assim:

— Senhores, mandai erguer essa pira de espinhos para Tristão e para a rainha, pois eles falharam.

Mas todos clamaram-lhe:

— Julgamento, rei! Primeiro, o julgamento, a acusação e a defesa! Matá-los sem julgamento é vergonha e crime, rei. Trégua e mercê para eles!

Marc respondeu, em sua cólera:

— Não, nem trégua, nem mercê, nem defesa, nem julgamento! Pelo Senhor que criou o mundo, se alguém ainda se atrever a me pedir tal coisa, será o primeiro a arder neste braseiro!

Ele ordena que o fogo seja aceso e que se busque no castelo Tristão, primeiramente.

Os espinhos ardem, todos se calam, o rei espera.

Os criados correram para o quarto onde os amantes são vigiados de perto. Arrastam Tristão com as mãos amarradas com cordas. Por Deus! Foi uma vilania detê-lo assim! Ele chora com a afronta; mas de que lhe servem suas lágrimas? Levam-no vergonhosamente; e a rainha gritava, quase louca de angústia:

— Ser morta, amigo, para que pudésseis ser salvo, seria grande alegria!

Os guardas e Tristão descem para fora da cidade, em direção à fogueira. Mas, atrás deles, um cavaleiro precipita-se, junta-se a eles, salta do corcel ainda correndo; é Dinas, o bom senescal. Ao som da aventura, ele partiu de seu castelo em Lidan, e saliva, suor e sangue escorrem pelos flancos de seu cavalo.

— Filho, apresso-me para a audiência do rei. Deus talvez me conceda apresentar um conselho que vos ajudará a ambos; Ele já me permite ao menos servir-te com um pequeno favor. — Amigos — diz ele aos criados —, quero que o leveis sem essas amarras. — E Dinas cortou as vergonhosas cordas. — Se ele tentar fugir, não tendes vossas espadas?

Ele beija Tristão nos lábios, volta a montar na sela, e seu cavalo o leva.

Ora, ouvi como o Senhor Deus é cheio de piedade. Ele, que não quer a morte do pecador, recebeu com gratidão as lágrimas e o clamor da pobre gente que lhe suplicava pelos amantes torturados. Perto da estrada por onde passava Tristão, no topo de uma rocha, voltada para o vento norte, uma capela erguia-se para o mar.

A parede da abside[16] ficava rente a um penhasco, alto, pedregoso, com escarpas acentuadas. Na abside, sobre o pre-

---

16 Parte posterior de uma igreja, geralmente projetada para fora em formato de semicírculo. (N. do T.)

cipício, havia uma vidraça, obra hábil de um santo. Tristão disse aos que o levavam:

— Senhores, vede essa capela; permiti-me entrar nela. Minha morte está próxima, rogarei a Deus que tenha piedade de mim, que tanto O ofendi. Senhores, a capela não tem outra saída senão esta. Cada um de vós segura sua espada. Bem sabeis que só posso passar por esta porta e, quando tiver orado a Deus, terei de colocar-me novamente em vossas mãos!

Um dos guardas diz:

— Podemos muito bem permitir-lhe tal coisa.

Deixaram-no entrar. Ele corre pela capela, alcança o coro, chega à vidraça da abside, agarra a janela, abre-a e atira-se... Antes essa queda que a morte na fogueira, diante daquela assembleia!

Mas sabei, senhores, que Deus lhe concedeu bela graça. O vento prende-se em suas vestes, levanta-o e coloca-o em uma grande pedra ao pé do penhasco. A gente da Cornualha ainda chama tal pedra de "Salto de Tristão".

E, diante da igreja, os outros ainda o esperavam. Mas para nada, pois agora era Deus quem o guardava. Ele foge: a areia volúvel desmorona sob seus pés. Cai, vira-se, vê a pira ao longe: as chamas rugem, a fumaça sobe. Ele foge.

Com a espada presa, as rédeas soltas, Gorvenal escapara do burgo: o rei teria mandado queimá-lo no lugar de seu senhor. Ele juntou-se a Tristão na relva, e Tristão exclamou:

— Mestre! Deus concedeu-me sua misericórdia. Ah! Miserável que sou, para quê? Se não tenho Isolda, nada tem valor. Preferiria ter-me arrebentado em minha queda! Eu escapei, Isolda, e vão te matar. Queimam-na em meu lugar; por ela morrerei também.

Gorvenal disse-lhe:

— Belo *sire*, consolai-vos, não deis ouvidos à cólera. Vede esse arbusto espesso, cercado por um largo fosso; vamos nos esconder ali. Muita gente passa por esta estrada; eles nos informarão e, se tiverem queimado Isolda, filho, juro por Deus, filho de Maria, que nunca mais dormiremos até o dia em que a tivermos vingado.

— Belo mestre, não tenho minha espada.

— Aqui está ela, trouxe-a para ti.

— Muito bem, mestre; não temo mais nada, além de Deus.

— Filho, ainda tenho sob minha capa algo que vai te alegrar: esta cota de malha sólida e leve, que poderá te servir.

— Passa-a para mim, belo mestre. Por esse Deus em quem acredito, agora vou libertar minha amiga.

— Não, não te apresses — disse Gorvenal. — Deus, sem dúvida, te reserva uma vingança mais segura. Lembra-te que está além do teu poder aproximar-se da fogueira. Os burgueses cercam-na e temem o rei; os que gostariam de tua libertação serão os primeiros a atingir-te. Filho, estão certos os que dizem: "Loucura não é bravura". Espera...

Ora, quando Tristão lançou-se ao penhasco, um pobre homem da gente menor vira-o levantar-se e fugir. Ele correra para o castelo de Tintagel e entrara no quarto de Isolda:

— Rainha, não choreis mais. Vosso amigo escapou!

— Deus — disse ela —, receba minha gratidão! Agora, se eles me amarram ou desamarram, se me poupam ou me matam, não me importo mais!

Ora, os desleais haviam apertado as cordas de seus pulsos com tanta crueldade que o sangue lhe escorria. Mas, sorrindo, ela disse:

— Se eu chorasse por este sofrimento enquanto, em Sua bondade, Deus acaba de arrebatar meu amigo desses desleais, certamente não valeria muito!

Quando a notícia de que Tristão havia escapado pela vidraça chegou ao rei, ele empalideceu de raiva e ordenou a seus homens que lhe trouxessem Isolda.

Arrastaram-na. Fora da sala, à soleira, ela aparece; estende suas mãos delicadas, de onde o sangue flui. Um clamor irrompe pela rua:

— Ó Deus, piedade por ela! Rainha leal, rainha honrada, que luto lançaram sobre a terra aqueles que vos entregaram! Maldição sobre eles!

A rainha é arrastada para a pira de espinhos, que arde. Então Dinas, senhor de Lidan, deixou-se cair aos pés do rei:

— Senhor, escuta-me. Eu te servi por muito tempo, sem vilania, com lealdade, sem tirar disso nenhum proveito. Pois não há pobre, nem órfão, nem velha que tenha me dado um denário pela função de teu senescal, que mantive por toda a minha vida. Em recompensa, concede-me a misericórdia da rainha. Queres queimá-la sem julgamento: é uma falha grave, já que ela não reconhece o crime de que a acusas. Aliás, pensa bem. Se queimares seu corpo, não haverá mais segurança sobre tuas terras: Tristão escapou; ele conhece bem as planícies, os bosques, os vales, as passagens e é ousado. Certamente, és seu tio e ele não te atacará; mas todos os barões, teus vassalos, a quem ele puder surpreender, ele matará.

E os quatro desleais empalidecem a ouvir: já podem ver Tristão à espreita, vigiando-os.

— Rei — diz o senescal. — Se é verdade que te servi bem toda a minha vida, entrega-me Isolda; responderei por ela como seu guarda e fiador.

Mas o rei pegou Dinas pela mão e jurou pelo nome dos santos que faria justiça imediata.

Então, Dinas levantou-se:

— Rei, volto para Lidan e renuncio a vosso serviço.

Isolda sorriu-lhe com tristeza. Ele monta em seu cavalo e parte, irritado e triste, a cabeça baixa.

Isolda mantém-se diante das chamas. A multidão ao redor grita, amaldiçoa o rei, amaldiçoa os desleais. Lágrimas correm pelo seu rosto. Ela está vestida com um brial cinza justo, através do qual corre uma fina renda de ouro. Um fio de ouro está trançado em seus cabelos, caindo até seus pés. Quem pudesse vê-la tão bela sem apiedar-se dela teria um coração desleal. Deus! Como seus braços estavam apertados!

Ora, cem leprosos, deformados, com a carne roída e esbranquiçada, tendo sido atraídos em suas muletas pelo estalar das matracas, amontoavam-se diante da fogueira e, sob as pálpebras inchadas, seus olhos ensanguentados deleitavam-se com o espetáculo.

Yvain, o mais horrendo dos doentes, clamou ao rei, com uma voz estridente:

— Senhor, tu queres lançar tua esposa nesse braseiro; é boa justiça, mas muito curta. Esse grande fogo a queimará rapidamente, esse forte vento logo dispersará suas cinzas. E, quando essa chama se apagar, muito em breve, sua punição terá acabado. Queres que eu te ensine um castigo pior, de modo que ela viva, mas em grande desgraça, sempre desejando a morte? Rei, assim o queres?

O rei respondeu:

— Sim, que ela viva, mas com grande desonra, pior que a morte... Quem me ensinar tal suplício terá todo o meu apreço.

— Senhor, vou te contar brevemente minha ideia. Vê, tenho cá cem companheiros. Dá-nos Isolda, e que ela comungue conosco! O mal atiça nossos desejos. Dá Isolda aos teus leprosos, nenhuma dama terá tido pior fim. Vê, nossos trapos estão grudados em nossas feridas gotejantes. Ela que, junto a ti, deleitava-se com ricos tecidos forrados com veiros[17], com joias, em salões decorados com mármore, ela que gozava de bons vinhos, de honra e alegria, quando vir a corte de teus leprosos, quando tiver que entrar em nossos casebres baixos e deitar conosco, então Isolda, a Bela, a Loura, reconhecerá seu pecado e sentirá falta dessa linda fogueira de espinhos!

O rei ouve-o, levanta-se e fica imóvel por um bom tempo. Por fim, corre até a rainha e agarra-a pela mão. Ela grita:

— Por piedade, *sire*, prefiro que me queimeis, queimai-me na fogueira!

O rei a entrega. Yvain agarra-a, e os cem doentes aglomeram-se ao seu redor. Ao ouvi-los gritar e ganir, todos os corações derretem-se de piedade; mas Yvain está feliz. Isolda parte, Yvain leva-a embora. Fora da cidade, desce o horrendo cortejo.

Eles pegaram a estrada onde Tristão está emboscado. Gorvenal solta um grito:

— Filho, o que farás? Eis tua amiga!

Tristão leva seu cavalo para fora do matagal:

— Yvain, já desfrutaste tempo demais da companhia dela; deixa-a agora se quiseres viver!

Mas Yvain desabotoa o casaco.

---

17 Tecido feito de peles de esquilo, de alto valor e símbolo de nobreza. (N. do T.)

— Coragem, companheiros! Tomai vossas bengalas! Tomai vossas muletas! Agora é a hora de fazê-lo mostrar sua bravura!

Foi um deleite ver os leprosos jogarem suas capas, pularem sobre seus pés doentes, ofegarem, gritarem, brandirem suas muletas: enquanto um ameaça, o outro rosna. Mas a ideia de atacá-los enojava Tristão. Os narradores alegam que Tristão matou Yvain: dizer tal coisa é uma vilania; não, ele era corajoso demais para matar aquela gente. Mas Gorvenal, tendo arrancado um potente galho de carvalho, acertou-o no crânio de Yvain. Sangue negro jorrou e escorreu para seus pés deformados.

Tristão tomou a rainha. A partir de então, ela não sente mais nenhuma dor. Ele cortou as cordas de seus braços e, deixando a planície, embrenharam-se na floresta do Morois. Lá, em meio à mata densa, Tristão sente-se tão seguro quanto atrás das muralhas de um castelo fortificado.

Quando o sol baixou, eles pararam ao pé de um monte. O medo esgotara a rainha; ela descansou a cabeça no corpo de Tristão e adormeceu.

Pela manhã, Gorvenal roubou, de um guardião da floresta, o arco e duas flechas bem afiadas e empenadas e deu-os a Tristão, o bom arqueiro, que surpreendeu um corço, matando-o. Gorvenal fez uma pilha de galhos secos, riscou a pederneira, soltou uma faísca e acendeu uma grande fogueira para cozinhar a caça; Tristão cortou galhos, construiu uma cabana e cobriu-a com folhagem; Isolda forrou-a com uma relva espessa.

Então, nas profundezas da floresta selvagem, começou para os fugitivos uma vida dura, mas benquista.

IX.

A FLORESTA
do Morois

Nous avons perdu le monde, et le monde nous; que vous en samble, Tristan, ami?—Amie, quand je vous ai avec moi, que me fault-il dont? Se tous li mondes estoit orendroit avec nous, je ne verroie fors vous seule.

– Romance em prosa de Tristão

Nas profundezas da floresta selvagem, com grande esforço, como animais acuados, eles vagam e raramente ousam voltar à noite para a cabana do dia anterior. Só comem a carne de animais selvagens e sentem falta do gosto do sal. Seus rostos emaciados empalideceram, suas roupas tornaram-se farrapos, de tão rasgadas pelos espinheiros. Eles se amam, eles não sofrem.

Certo dia, enquanto percorriam as enormes matas que jamais haviam sido cortadas, chegaram por acaso ao eremitério do irmão Ogrin.

Ao sol, sob um agradável bosque de bordos, perto de sua capela, o velho, apoiado em sua muleta, caminhava a passos miúdos.

— *Sire* Tristão — exclamou ele —, sabei que grande juramento fizeram os homens da Cornualha. O rei fez correr uma proclamação por todas as paróquias. Quem vos capturar receberá cem marcos de ouro como recompensa, e todos os barões juraram entregar-vos morto ou vivo. Arrependei-vos, Tristão! Deus perdoa o pecador que se arrepende.

— Arrepender-me, *sire* Ogrin? De que crime? Vós, que nos julgais, sabeis que bebida bebemos no mar? Sim, o bom licor nos inebria, e eu preferiria mendigar toda a minha vida pelas estradas e viver de ervas e raízes com Isolda a ser o rei de um belo reino sem ela.

— *Sire* Tristão, que Deus vos ajude, pois vós perdestes este mundo e o próximo. O traidor de seu senhor deve ser esquartejado por dois cavalos, queimado em uma fogueira e, onde suas cinzas caírem, não crescerá mais nada. Arar a terra se tornará inútil; as árvores e a vegetação ali definharão. Tristão, devolva a rainha àquele que ela desposou sob a lei de Roma!

— Ela não é mais dele; o rei a deu a seus leprosos; foi dos leprosos que a conquistei. De agora em diante, é minha; não posso me separar dela nem ela de mim.

Ogrin estava sentado. A seus pés, Isolda chorava, com a cabeça apoiada nos joelhos do homem temente a Deus. O eremita repetia-lhe as palavras sagradas do Livro; mas, tomada pelas lágrimas, ela balançava a cabeça e recusava-se a acreditar.

— Ai de mim! — disse Ogrin. — Que conforto pode-se dar aos mortos? Arrepende-te, Tristão, pois aquele que vive em pecado sem arrepender-se está morto.

— Não, eu vivo e não me arrependo. Voltamos para a floresta, que nos protege e nos guarda. Vem, Isolda, amiga!

Isolda tornou a levantar-se; eles se deram as mãos. Adentraram a relva alta, a mata; as árvores voltaram a fechar suas copas sobre eles; desapareceram atrás das folhagens.

Ouvi, senhores, uma bela aventura. Tristão criara um cachorro, uma fêmea de caça, bela, ágil, veloz. Nem conde nem rei têm nada parecido para a caça com arco. Chamaram-no Husdent. Ele teve de ser trancado no calabouço, contido por um bloco pendurado em seu pescoço. Desde o dia em que deixou de ver seu dono, recusava toda comida e cavava a terra com a pata, chorando com os olhos, uivando. Muitos apiedaram-se dele.

— Husdent — diziam —, nenhum animal soube amar tão bem quanto tu; sim, Salomão disse com sabedoria "meu verdadeiro amigo é meu galgo".

E o rei Marc, lembrando-se dos dias passados, pensava em seu coração: "Esse cão mostra muita sensatez ao prantear seu senhor dessa forma. Há, pois, alguém em toda a Cornualha que tenha o mesmo valor de Tristão?"

Três barões vieram até o rei:

— *Sire*, mandai soltar Husdent; saberemos se ele tanto sofre por sentir falta de seu dono; se assim não for, vós o vereis, assim que for libertado, com a boca aberta, a língua ao vento, perseguindo pessoas e animais para mordê-los.

Libertaram-no. Ele salta pela porta e corre para o quarto onde anteriormente costumava encontrar Tristão. Ele rosna, geme, procura, descobre, enfim, o rastro de seu dono. Percorre passo a passo o caminho que Tristão havia percorrido até a fogueira. Todos o seguem. Ele uiva alto e escala o penhasco. Ei-lo na capela, saltando por sobre o altar; de repente, ele se joga pela vidraça, cai ao pé da rocha, segue o rastro pela praia, para por um momento no bosque florido onde Tristão emboscara-se e, então, volta para a floresta. Todos que o veem apiedam-se dele.

— Belo rei — disseram então os cavaleiros —, deixemos de segui-lo; ele poderia nos levar a algum lugar cujo retorno seria custoso.

Deixaram-no e voltaram. Na mata, o cachorro soltou a voz, e a floresta ecoou. Ao longe, Tristão, a rainha e Gorvenal escutaram-no:

— É Husdent! — Assustaram-se. Sem dúvida, o rei os persegue; assim pretende encurralá-los por cães de caça, como animais... Embrenham-se em um matagal. No limiar da mata, Tristão apruma-se, com o arco preparado. Mas, quando Husdent viu e reconheceu seu dono, pulou até ele, balançou a cabeça e o rabo, curvou o corpo, rolou de um lado para o outro. Quem já viu tanta alegria? Então, correu para Isolda, a Bela, para Gorvenal e fez festa até para o cavalo. Tristão teve muita pena dele:

— Que miséria! Por que infortúnio ele nos encontrou! O que pode fazer um homem perseguido com este cachorro, que não é capaz de ficar quieto? Pelas planícies e pelos bosques, por toda a sua terra, o rei nos espreita: Husdent nos trairá com seus latidos. Ah! Foi por amor e pela nobreza de sua natureza que ele veio procurar sua morte. Devemos nos resguardar, no entanto. Que fazer? Aconselhai-me.

Isolda agradou Husdent com a mão e disse:

— *Sire*, poupai-o! Ouvi falar de um guardião da floresta galês que treinou seu cão para seguir, sem latir, o rastro de sangue dos cervos feridos. Amigo Tristão, que alegria se conseguíssemos, mesmo com esforço, treinar Husdent da mesma forma!

Ele refletiu por um momento enquanto o cachorro lambia as mãos de Isolda. Tristão apiedou-se e disse:

— Quero tentar; é difícil demais para mim ter que matá-lo.

Logo Tristão sai à caça, abate um gamo e fere-o com uma flecha. O cão quer lançar-se a caminho do gamo e uiva tão alto que a floresta o ecoa. Tristão silencia-o batendo nele. Husdent levanta a cabeça para seu dono, surpreende-se, não ousa mais uivar, abandona o rastro. Tristão coloca-o debaixo dele e, então, bate na bota com sua vara de castanheiro, como costumam fazer os caçadores para excitar os cães. A este sinal, Husdent quer uivar novamente, e Tristão corrige-o. Treinando-o assim, ao cabo de apenas um mês, adestrou-o para caçar em silêncio. Quando sua flecha acertava um corço ou um gamo, Husdent, sem nunca soltar a voz, seguia o rastro na neve, no gelo ou na relva; se alcançasse o animal na floresta, sabia marcar o lugar com galhos; se o pegasse no pântano, juntava ervas sobre o corpo abatido e voltava, sem um latido sequer, para procurar seu dono.

O verão acaba, chega o inverno. Os amantes viviam escondidos na cavidade de uma rocha. E, no solo endurecido pelo frio, o gelo eriçava seu leito de folhas mortas. Pela força de seu amor, nem um nem o outro sentiu suas mazelas.

Mas, quando o tempo voltou a clarear, eles ergueram sua cabana de galhos verdejantes sob as árvores altas. Tristão conhecia desde pequeno a arte de imitar o canto dos pássaros da floresta. Sempre que sentia vontade, imitava o papa-figos, o chapim, o rouxinol e todos os seres alados. E, às vezes, sobre os galhos da cabana, atendendo a seu chamado, inúmeros pássaros, com o pescoço inflado, cantavam suas trovas na claridade.

Os amantes já não fugiam pela floresta, vagando sem cessar; pois nenhum dos barões arriscava-se a persegui-los, sabendo que Tristão os teria enforcado nos galhos das árvores.

Certo dia, porém, um dos quatro traidores, Dinas, que Deus o amaldiçoe!, levado pelo ardor da caça, ousou aventurar-se nas cercanias do Morois. Naquela manhã, no limiar da floresta, no fundo de uma ravina, Gorvenal, tendo removido a sela de seu corcel, deixou-o pastar na relva nova. Lá na cabana de folhagens, sobre o tapete de flores, Tristão abraçava com força a rainha, e ambos dormiam.

De repente, Gorvenal escutou o ruído de uma matilha: em alta velocidade, os cães lançavam-se sobre um cervo, que se atirou na ravina. Ao longe, na charneca, apareceu um caçador. Gorvenal reconheceu-o: era Guenelon, o homem que seu senhor odiava acima de todos os outros. Sozinho, sem escudeiro, com as esporas sangrando os flancos de seu corcel e açoitando-lhe o pescoço, ele corria. Emboscado atrás de uma árvore, Gorvenal espreita-o: ele aproxima-se rápido, levará mais tempo para se virar.

Ele passa. Gorvenal salta da emboscada, agarra o freio e, revendo naquele instante todo o mal que o homem havia cometido, mata-o, desmembra-o e parte, carregando sua cabeça decepada.

Lá na cabana de folhagens, sobre o tapete de flores, Tristão e a rainha dormiam, abraçados. Gorvenal chegou em silêncio, a cabeça do homem morto na mão.

Quando os caçadores encontraram sob a árvore o tronco sem cabeça, aflitos, como se Tristão já estivesse perseguindo-os, fugiram, temendo a morte. Desde então, quase ninguém vinha caçar naquela floresta.

Para alegrar o coração de seu senhor ao acordar, Gorvenal amarrou a cabeça, pelos cabelos, à forquilha da cabana: a ramagem espessa coroava-a.

Tristão acordou e viu, meio oculta atrás da folhagem,

a cabeça olhando para ele. Reconhece Guenelon; levanta-se assustado. Mas seu mestre grita-lhe:

— Não te preocupes, ele está morto. Matei-o com aquela espada. Filho, era teu inimigo!

E Tristão alegra-se; aquele que ele odiava, Guenelon, está morto.

A partir de então, ninguém mais se atreveu a entrar na floresta selvagem: o medo guarda sua entrada, e os amantes são seus senhores. Foi então que Tristão produziu o arco Que--Não-Falha, que sempre atingia seu alvo, homem ou animal, no local visado.

Senhores, era um dia de verão, na época da colheita, pouco depois do Pentecostes, e os pássaros, ao cair do orvalho, cantavam para o amanhecer que se aproximava. Tristão saiu da cabana, cingiu sua espada, preparou o arco Que-Não-Falha e, sozinho, saiu para caçar na floresta. Antes que caísse a noite, uma grande dor o afligiria. Não, nunca houve amantes que se amaram tanto e que tiveram de se redimir tão duramente.

Quando Tristão voltou da caçada, oprimido pelo calor sufocante, tomou a rainha em seus braços.

— Amigo, onde estivestes?

— Atrás de um cervo que me fatigou. Vê, o suor escorre de meus membros, gostaria de deitar-me e dormir.

Sob a cabana de galhos verdes, forrada de ervas frescas, Isolda foi a primeira a estender-se. Tristão deitou-se ao lado dela e colocou sua espada desembainhada entre seus corpos. Para sua felicidade, mantiveram-se vestidos. A rainha tinha no dedo o anel de ouro com belas esmeraldas que Marc lhe oferecera no dia de seu casamento. Seus dedos estavam tão finos que o anel mal se mantinha firme. Dormiam assim, um dos braços de Tristão por baixo do pescoço da amiga, o outro jogado sobre seu belo corpo, abraçados muito juntos; mas seus lábios não se tocavam. Nem uma brisa soprava, nem uma folha tremulava. Através do teto de folhagens, um raio de sol desceu sobre o rosto de Isolda, que brilhava como um cristal de gelo.

Ora, um guardião florestal encontrou um local onde a relva estava pisada. No dia anterior, os amantes tinham se deitado ali; mas, não reconhecendo a marca de seus corpos, ele seguiu seus traços e chegou à cabana. Viu-os dormindo, identificou-os e fugiu, temendo o terrível despertar de Tristão. Foi para o Tintagel, a duas léguas dali, subiu os degraus do salão e encontrou o rei, que presidia uma audiência em meio a seus vassalos reunidos.

— Amigo, que vens procurar aqui, sem fôlego, como te vejo? Diria que és um valete de cães de caça que corre atrás de seus cachorros há muito tempo. Queres, também tu, fazer-nos reclamações? Quem te expulsou da minha floresta?

O guardião chamou-o de lado e sussurrou-lhe:

— Vi a rainha e Tristão. Estavam dormindo, e tive medo.

— Em que lugar?

— Em uma cabana no Morois. Eles dormem nos braços um do outro. Vem logo, caso queiras tua vingança.

— Vai e espera-me na entrada da floresta, ao pé da Cruz Vermelha. Não digas a ninguém o que viste; te darei ouro e prata, tanto quanto quiseres.

O guardião lá vai e senta-se sob a Cruz Vermelha. Maldito seja tal espião! Mas ele morrerá vergonhosamente, como esta história vos contará em breve.

O rei mandou selar seu cavalo, cingiu sua espada e, sem

nenhuma companhia, deixou o burgo. Enquanto cavalgava, sozinho, lembrou-se da noite em que apanhara seu sobrinho: que ternura demonstrara então Isolda, a Bela, com o rosto tão iluminado! Se ele os surpreender, punirá esses grandes pecados. Ele se vingará daqueles que o execraram...

Na Cruz Vermelha, ele encontrou o guardião:

— Vai na frente; leva-me rápido e certeiro.

A sombra negra das grandes árvores envolve-os. O rei segue o espião. Ele confia em sua espada, que, no passado, desferiu belos golpes. Ah! Se Tristão despertar, um dos dois, Deus sabe qual deles!, morrerá no local. Por fim, o guardião da floresta disse em voz baixa:

— Rei, nos aproximamos.

Ele segurou-lhe seu estribo e amarrou as rédeas do cavalo nos galhos de uma macieira verde. Aproximaram-se novamente e, de repente, em uma clareira ensolarada, viram a cabana florida.

O rei desata seu manto com amarras de fino ouro, despe-o, e seu belo corpo aparece. Puxa sua espada da bainha e diz mais uma vez a seu coração que deseja morrer caso não os mates. O guardião seguia-o; o rei faz-lhe sinal para voltar.

Ele penetra, só, sob a cabana, a espada desembainhada, brandindo-a... Ah! Que tristeza se desferisse tal golpe! Mas ele notou que suas bocas não se tocavam e que uma espada nua separava seus corpos:

— Deus! — ele diz para si mesmo. — Que vejo aqui? É preciso matá-los? Vivem há tanto tempo nesta floresta; se eles se amassem com um amor louco, teriam colocado esta espada entre eles? E todos não sabem que uma lâmina nua que separa dois corpos é garantia e guarda da castidade?

Se eles se amassem com um amor louco, descansariam de forma tão pura? Não, não os matarei; seria um grande pecado golpeá-los. E, se eu acordasse este dormente e um de nós fosse morto, se falaria a respeito por muito tempo, para nossa desonra. Mas farei com que saibam, ao acordarem, que os encontrei dormindo, que não os quis mortos e que Deus teve piedade deles.

O sol, atravessando a cabana, queimava o rosto branco de Isolda. O rei pegou suas luvas de arminho: "Foi ela", pensou ele, "quem, há não muito tempo, trouxe-as para mim da Irlanda!..." Ele colocou-as na folhagem para fechar o buraco por onde o raio de sol descia; depois, retirou delicadamente o anel de pedras de esmeralda que havia dado à rainha. Antes, fora preciso um pouco de força para colocá-lo no dedo; agora, seus dedos eram tão delgados que o anel saiu sem esforço: em seu lugar, o rei colocou o anel que Isolda lhe oferecera como presente. Depois, tirou a espada que separava os amantes, a mesma – reconheceu-a ele – que se havia rachado no crânio do Morholt, colocando a sua no lugar, saiu do abrigo, pulou na sela e disse para o guardião:

– Foge agora e salva teu corpo, se puderes!

Ora, Isolda teve uma visão em seu sono. Ela estava sob uma rica tenda, no meio de um grande bosque. Dois leões lançavam-se sobre ela e lutavam entre si para possuí-la... Ela soltou um grito e acordou: as luvas de arminho branco caíram sobre seu seio. Ao ouvir o grito, Tristão pôs-se de pé, quis pegar sua espada e reconheceu, por causa da guarda[18]

---

18 A guarda de uma espada é a parte que separa sua lâmina da empunhadura. (N. do T.)

de ouro, a espada do rei. E a rainha viu em seu dedo o anel de Marc. E exclamou:

— *Sire*, ai de nós! O rei nos surpreendeu!

— Sim — disse Tristão. — Ele pegou minha espada; estava sozinho, teve medo, foi procurar reforços; ele voltará e nos queimará diante de todo o povo. Vamos fugir!...

E, em longas marchas, acompanhados por Gorvenal, fugiram para a terra de Gales, até os confins da floresta do Morois. O amor só lhes causará torturas!

X.

O Eremita
OGRIN

> *Aspre vie meinent et dure:*
> *Tant s'entraiment de bone amor*
> *L'uns por l'autre ne sent dolor.*
>
> – Béroul

Três dias depois, enquanto Tristão seguia por um bom tempo os vestígios de um cervo ferido, a noite caiu e, sob a mata escura, pôs-se ele a pensar:

"Não, não foi por medo que o rei nos poupou. Ele havia pego minha espada, eu dormia, estava à sua mercê, ele podia me ferir; para que serviria o reforço? E, caso ele quisesse me levar com vida, por que, tendo-me desarmado, teria ele me deixado sua própria espada? Ah! Já te reconheci, pai: não foi por medo, mas por ternura e piedade que tu nos quiseste perdoar. Perdoar-nos? Quem poderia, contudo, sem se humilhar, relevar tamanho delito? Não, ele não perdoou em absoluto, mas compreendeu. Soube apenas que, na fogueira, no salto da capela, na emboscada contra os leprosos, Deus nos havia colocado sob Sua proteção. Lembrou-se, então, da criança que no passado tocava a harpa a seus pés, da minha terra de Loonnois, abandonada por causa dele, da lança do Morholt e do sangue derramado por sua honra. Ele se lembrou de que eu não reconhecera meu erro, mas exigira em vão julgamento, direito e combate, e a nobreza de seu coração levou-o a compreender coisas que os homens ao seu redor não compreendem: não que ele saiba ou possa saber a verdade do nosso amor; mas duvida, espera, sente que eu não disse uma mentira, ele deseja que, por julgamento, eu prove meu direito. Ah! Belo tio, vencer em combate com a ajuda de Deus, ganhar vossa paz e, para vós, revestir-me novamente da cota de malha e do elmo!... Em que estive pensando? Ele retomaria Isolda: eu a entregaria para ele? Por que, então, ele não me cortou a garganta durante meu sono? Há pouco tempo, caçado por ele, poderia odiá-lo e esquecê-lo: ele abandonara Isolda aos doentes, ela não era mais dele, era minha. Eis que, por sua compaixão, ele despertou minha ternura e reconquistou a rainha. A rainha? Ela era rainha ao lado dele e, nesta mata, vive como uma serva. Que fiz eu de sua juventude? Em vez de seus aposentos forrados de tecidos de seda, dou-lhe esta floresta selvagem; uma cabana, em vez de seus belos cortinados; e é por minha causa que ela segue este caminho maligno. Ao Senhor Deus, rei do mundo, peço misericórdia e suplico que me dê forças para devolver Isolda ao rei Marc. Não é ela sua esposa, casada de acordo com a lei de Roma, perante todos os ricos homens de sua terra?"

Tristão apoia-se em seu arco e lamenta-se longamente por toda a noite.

No matagal cercado por espinheiros que lhe serviam de abrigo, Isolda, a Loura, esperava o retorno de Tristão. Sob a claridade de um raio de lua, ela viu brilhar o anel de ouro que Marc lhe colocara no dedo. E pensou:

"Aquele que, por bela cortesia, deu-me este anel de ouro não é o homem irado que me entregava aos leprosos; não, é o senhor compassivo que, desde o dia em que aportei em suas terras, acolheu-me e protegeu-me. Como ele amava Tristão! Mas cheguei e que fiz eu? Tristão não deveria viver no palácio do rei, cercado por uma centena de donzéis[19], que fariam parte de suas fileiras, servindo-o até se tornarem cavaleiros armados? Não deveria ele, cavalgando pelas cortes e baronatos, viver em busca de confrarias e aventuras? Mas, por minha causa, ele esquece toda a cavalaria, exilado da corte, perseguido nesta mata, levando esta vida selvagem!..."

Ela ouviu, então, sobre as folhas e os galhos secos, os passos de Tristão, que se aproximava. Foi ao seu encontro, como de costume, para tomar-lhe as armas. Pegou de suas mãos o arco Que-Não-Falha e as flechas e desfez as amarras de sua espada.

— Amiga — disse Tristão —, essa é a espada do rei Marc. Ela deveria cortar nossas gargantas e nos poupou.

Isolda pegou a espada e beijou sua guarda de ouro; e Tristão viu que ela chorava.

— Amiga — disse ele —, se eu pudesse entrar em acordo com o rei Marc! Se ele me permitisse provar em combate que nunca, nem por atos nem por palavras, eu amei-vos com amor culpado, qualquer cavaleiro de seu reino, de Lidan a Durham, que ousasse me contradizer me encontraria armado em campo fechado. Então, se o rei quisesse suportar manter-me em suas fileiras, eu o serviria com grande honra, como meu senhor e meu pai; e, caso ele preferisse afastar-me e proteger-vos, eu iria para a Frísia ou para a Bretanha, com Gorvenal como

---

19 Na Idade Média, um donzel era um rapaz ainda não tornado cavaleiro. (N. do T.)

meu único companheiro. Mas, onde quer que eu fosse, rainha, para sempre, eu continuaria sendo vosso. Isolda, não pensaria nessa separação não fosse pela dura miséria que vós tendes suportado por minha causa por tanto tempo, bela, nesta terra deserta.

— Tristão, sois capaz de lembrar-vos do eremita Ogrin em seu bosque? Voltemos para ele e peçamos misericórdia ao poderoso rei celestial, Tristão amigo!

Despertaram Gorvenal. Isolda montou no cavalo, que Tristão conduzia pelo freio e, durante toda a noite, cruzando pela última vez a amada floresta, caminharam sem dizer uma palavra sequer.

De manhã, descansaram e depois voltaram a caminhar, até que chegaram ao eremitério. Na entrada de sua capela, Ogrin lia um livro. Viu-os chegar e, ao longe, chamou-os com ternura:

— Amigos! Como o amor acompanha-vos de miséria em miséria! Quanto tempo durará vossa loucura? Coragem! Arrependei-vos de uma vez por todas!

Tristão disse-lhe:

— Ouvi, *sire* Ogrin. Ajudai-nos a oferecer um acordo ao rei. Eu lhe devolveria a rainha. Então, iria para longe, para a Bretanha ou para a Frísia. Um dia, caso o rei desejasse suportar-me perto dele, eu voltaria e o serviria, como é meu dever.

Curvando-se aos pés do eremita, Isolda disse por sua vez, com tristeza:

— Não viverei mais assim. Não digo que me arrependa de ter amado e de amar Tristão, para todo o sempre. Mas nossos corpos, pelo menos, a partir de agora ficarão separados.

O eremita chorou e louvou a Deus:

— Deus, belo rei todo-poderoso! Dou-vos graças por deixar-me viver o suficiente para ajudar estes aqui! — Aconselhou-os sabiamente e, depois, pegou tinta e pergaminho, escrevendo uma mensagem na qual Tristão oferecia um acordo ao rei. Depois de escrever todas as palavras que Tristão lhe ditava, ele selou-as com seu anel:

— Quem levará esta mensagem? — perguntou o eremita.

— Eu mesmo a levarei.

— Não, *sire* Tristão, vós não tentareis de forma nenhuma esta perigosa cavalgada; irei em seu lugar, conheço bem os homens do castelo.

— Concedei-me, belo *sire* Ogrin. A rainha permanecerá em seu eremitério. Ao cair da noite, irei com meu escudeiro, que guardará meu cavalo.

Quando a escuridão desceu sobre a floresta, Tristão partiu com Gorvenal. Nos portões do Tintagel, ele deixou-o. Sobre as muralhas, os vigias soavam suas cornetas. Atravessou o fosso e cruzou a cidade, correndo perigo de morte. Como no passado, transpôs as estacas pontiagudas do pomar, reviu os degraus de mármore, a fonte e o grande pinheiro e aproximou-se da janela, por trás da qual o rei dormia. Chamou-o baixinho. Marc acordou.

— Quem és tu, que me chamas no meio da noite, a uma hora dessas?

— *Sire*, sou Tristão, trago-vos uma mensagem. Deixo-a aqui, nas grades desta janela. Mandai prender vossa resposta no braço da Cruz Vermelha.

— Pelo amor de Deus, belo sobrinho, espera por mim!

Ele lançou-se à soleira e, por três vezes, gritou para a noite:

— Tristão! Tristão! Tristão, meu filho!

Mas Tristão já fugira. Ele reencontrou seu escudeiro e, com um salto leve, subiu na sela.

– Louco! – disse Gorvenal. – Apressa-te, fujamos por este caminho.

Por fim, chegaram ao eremitério, onde encontraram, esperando por eles, o eremita que orava, Isolda que chorava.

XI.

O VAU[20]
Arriscado

> *Oyez, vous tous qui passez par la voie,*
> *Venez ça, chascun de vous voie*
> *S'il est douleur fors que la moie.*
> *C'est Tristan que la mort mestroie.*
>
> – A Trova Mortal

Marc mandou acordar seu capelão e entregou-lhe a carta. O clérigo quebrou o selo e, primeiro, saudou o rei em nome de Tristão; depois, tendo habilmente decifrado as palavras escritas, relatou-lhe o que Tristão lhe comunicava. Marc ouviu-o sem dizer uma palavra e alegrava-se em seu coração, pois ainda amava a rainha.

Convocou os mais estimados de seus barões pelo nome e, quando todos estavam reunidos, fizeram silêncio e o rei lhes falou:

– Senhores, recebi esta mensagem. Sou vosso rei e vós sois meus fiéis. Ouvi as coisas que me são comunicadas; então, aconselhai-me, rogo-vos, já que me deveis conselho.

---
20 Local raso de um curso d'água, onde se pode passar a pé ou a cavalo. (N. do T.)

O capelão levantou-se, desatou a mensagem com as duas mãos e, em pé, diante do rei:

— Senhores — disse ele —, primeiramente Tristão transmite suas saudações e seu amor ao rei e a todo o seu baronato. "Rei", acrescenta ele, "quando matei o dragão e conquistei a filha do rei da Irlanda, foi a mim que ela foi entregue; era eu quem devia guardá-la, mas não o quis em absoluto: trouxe-a para vossos domínios e entreguei-a para vós. No entanto, mal a tínheis desposado, desleais fizeram-vos crer em suas mentiras. Em vossa cólera, belo tio, meu senhor, quisestes nos queimar sem julgamento. Mas Deus compadeceu-se: suplicamos-lhe, Ele salvou a rainha, e fez-se justiça. Eu também, despencando de um elevado precipício, escapei, pelo poder de Deus. O que fiz desde então, que se possa culpar? A rainha estava entregue aos doentes, eu vim em seu socorro, levei-a comigo. Poderia eu, então, faltar-lhe nessa hora de necessidade, quando quase morreu, inocente, por minha causa? Fugi com ela pela mata. Poderia eu, então, para devolvê-la ao rei, sair da floresta e descer para a planície? Não havíeis vós ordenado que nos levassem vivos ou mortos? Mas, tanto hoje quanto àquela época, estou pronto, belo *sire*, a cumprir minha promessa e provar em combate, com todo aquele que se dispuser, que a rainha nunca teve por mim, nem eu pela rainha, um amor que vos fosse ofensivo. Ordenai o combate: não recuso nenhum adversário e, se não conseguir provar meu direito, fazei-me queimar diante de vossos homens. Mas, se eu triunfar e se for de vosso agrado reaver Isolda com o rosto imaculado, nenhum de vossos barões vos servirá melhor do que eu. Se, ao contrário, não quiserdes meu serviço, cruzarei o mar, me oferecerei ao rei de Gavoie ou ao rei da Frísia, e não ouvireis nunca mais falar de mim. *Sire*, aconselhai-vos e, se não consentirdes com nenhum acordo, levarei Isolda para a Irlanda, de onde a tirei; ela será rainha em seu país."

Quando os barões da Cornualha escutaram que Tristão lhes oferecia um combate, disseram todos ao rei:

— *Sire*, recupera a rainha: foram tolos que a caluniaram junto a ti. Quanto a Tristão, que ele parta, como ele mesmo propõe, para guerrear em Gavoie ou junto do rei da Frísia. Manda dizer-lhe que te traga Isolda, em tal dia, muito em breve.

O rei perguntou por três vezes:

— Ninguém se levanta para acusar Tristão?

Todos se calaram. Então, diz ele ao capelão:

— Fazei, pois, uma mensagem o mais rápido possível; ouvistes o que nela é preciso dizer. Apressai-vos em escrever. Isolda sofreu demais em sua juventude! E que a carta seja pendurada no braço da Cruz Vermelha antes do anoitecer. Apressai-vos.

Ele acrescentou:

— Dizei-lhes também que lhes envio saudações e amor a ambos.

Por volta da meia-noite, Tristão atravessou a Charneca Branca, encontrou a mensagem e levou-a lacrada para o eremita Ogrin. O eremita leu-lhes os escritos: Marc consentia, sob o conselho de todos os seus barões, em retomar Isolda, mas não manteria Tristão como súdito. Quanto a Tristão, ele teria de cruzar o mar quando, três dias depois, no Vau Arriscado, tivesse entregue a rainha para Marc.

— Deus! – disse Tristão. – Que tristeza vos perder, amiga! É preciso, no entanto, pois, do sofrimento que suportáveis por minha causa, posso agora poupar-vos. Quando chegar o momento de nos separarmos, devo oferecer-vos um presente, símbolo do meu amor. Do país desconhecido para onde vou, enviarei um mensageiro. Ele me dirá vosso desejo, amiga, e ao primeiro aviso, da terra longínqua, me precipitarei.

Isolda suspirou e disse:

— Tristão, deixa-me Husdent, teu cachorro. Nunca um cão de caça será tão respeitado. Quando o vir, me lembrarei de ti e ficarei menos triste. Amigo, tenho um anel de jaspe verde, aceita-o por amor a mim, usa-o no dedo. Se algum dia um mensageiro vier de tua parte, não acreditarei nele, não importa o que ele faça ou diga, até que me mostre este anel. Mas, assim que o vir, nenhum poder, nenhuma proibição real me impedirá de fazer o que me pedires, seja algo sábio, seja tolo.

— Amiga, dou-vos Husdent.

— Amigo, tomai este anel como recompensa.

E os dois se beijaram nos lábios.

Ora, deixando os amantes no eremitério, Ogrin havia caminhado com sua muleta até o Monte; ali, comprou veiro, linho, arminho, lençóis de seda, de púrpura e de escarlate, uma túnica mais branca do que a flor-de-lis e ainda um cavalo extra, com arreios de ouro, que marchava lentamente.

As pessoas riam ao vê-lo dissipar, com aquelas compras estranhas e magníficas, seus denários havia muito tempo poupados; mas o velho carregou o cavalo com os ricos tecidos e voltou para junto de Isolda:

— Rainha, vossas vestes estão em farrapos. Aceitai esses presentes, para que fiqueis mais bela no dia em que fordes para o Vau Arriscado. Receio que não sejam de vosso agrado: não sou um especialista na escolha de tais vestimentas.

Nesse meio-tempo, o rei espalhara a notícia por toda a Cornualha de que, dentro de três dias, no Vau Arriscado, ele faria um acordo com a rainha. Damas e cavaleiros vieram às multidões para aquela assembleia. Todos queriam rever a rainha Isolda, todos a amavam, à exceção dos três desleais que ainda sobreviviam.

Mas, desses três, um morrerá pela espada, o outro perecerá trespassado por uma flecha, o outro afogado; e, quanto ao guardião da floresta, Perinis, o Fiel, o Louro, irá matá-lo a golpes de cajado na floresta. Assim Deus, que odeia toda iniquidade, vingará os amantes contra seus inimigos!

No dia marcado para a assembleia, no Vau Arriscado, o prado brilhava ao longe, completamente carregado e adornado com as ricas tendas dos barões. Na floresta, Tristão cavalgava com Isolda e, por medo de uma emboscada, colocara a cota de malha sob seus farrapos. De repente, ambos apareceram no limiar da floresta e viram ao longe, entre seus barões, o rei Marc.

— Amiga — diz Tristão —, eis o rei, vosso senhor, seus cavaleiros e seus súditos. Eles vêm em nossa direção. Em um instante, não poderemos mais falar um com o outro. Pelo Deus poderoso e glorioso vos imploro: se algum dia eu vos enviar uma mensagem, fazei o que eu vos transmitir!

— Amigo Tristão, assim que eu revir o anel de jaspe verde, nem torre, nem muralha, nem fortaleza me impedirão de fazer a vontade de meu amigo.

— Isolda, que Deus faça a vossa vontade!

Seus dois cavalos caminhavam lado a lado. Ele puxou-a para si e abraçou-a.

— Amigo — disse Isolda —, escuta meu último pedido: deixarás este país; espera pelo menos alguns dias; esconde-

-te, até saberes como o rei me trata, na sua cólera ou na sua bondade!... Estou sozinha: quem me defenderá dos desleais? Tenho medo! O guardião Orri te abrigará em segredo. Entra à noite pela despensa em ruínas. Mandarei Perinis para dizer-te se alguém me maltrata.

— Amiga, ninguém será capaz de tanto. Eu me esconderei com Orri. Quem quer que te faça mal que se resguarde de mim como do Inimigo!

As duas tropas haviam se aproximado o suficiente para saudarem-se. Ao alcance de um arco, diante dos seus, o rei cavalgava com ousadia. Com ele, Dinas de Lidan.

Quando os barões se juntaram a ele, Tristão, segurando as rédeas do cavalo de Isolda, cumprimentou o rei e disse:

— Rei, devolvo-te Isolda, a Loura. Diante dos homens de tua terra, peço-te permissão para me defender em tua corte. Nunca fui julgado. Faz-me com que tenha justiça em combate: vencido, queima-me no enxofre; vencedor, mantém-me perto de ti; ou, se não quiseres me manter, irei para um país longínquo.

Ninguém aceitou o desafio de Tristão. Marc, por sua vez, tomou as rédeas do cavalo de Isolda e, confiando-a a Dinas, afastou-se para aconselhar-se.

Feliz, Dinas prestou à rainha muitas homenagens e muitas cortesias. Tirou-lhe a suntuosa capa de escarlate, e seu corpo surgiu gracioso sob a túnica fina e o grande brial de seda. E a rainha sorriu ao lembrar-se do velho eremita, que não poupara seus denários. Seu vestido é rico, seus membros delicados, seus olhos furta-cor, seus cabelos claros como raios de sol.

Quando os desleais a viram bela e homenageada como

antigamente, irritados, cavalgaram em direção ao rei. Neste momento, um barão, André de Nicole, tentava persuadi-lo:

— Sire — dizia ele —, mantém Tristão perto de ti; serás, graças a ele, um rei mais temido.

E, pouco a pouco, ele amolecia o coração de Marc. Mas os desleais vieram a seu encontro e disseram:

— Rei, ouve o conselho que te damos com lealdade. Caluniaram a rainha; erroneamente, nós concordamos; mas se Tristão e ela retornarem juntos à tua corte, falarão deles novamente. Em vez disso, deixa Tristão afastar-se por um tempo. Um dia, sem dúvida, voltarás a chamá-lo.

Marc assim o fez. Mandou transmitir a Tristão, por seus barões, que se afastasse sem tardar. Então, Tristão veio até a rainha e disse-lhe adeus. Eles olharam-se. A rainha encabulou-se com a assembleia e enrubesceu.

Mas o rei sentiu-se compadecido e falou com seu sobrinho pela primeira vez:

— Para onde irás, com esses farrapos? Toma do meu tesouro o que quiseres, ouro, prata, veiro e linho.

— Rei — disse Tristão —, não tomarei nem um denário nem uma malha. Servirei o rico rei da Frísia com grande alegria, como puder.

Deu meia-volta e desceu em direção ao mar. Isolda seguiu-o com os olhos, enquanto podia percebê-lo ao longe, não se virou.

Com a notícia do acordo, grandes e pequenos, homens, mulheres e crianças correram às multidões para fora da cidade para encontrar Isolda; e, mesmo com grande tristeza pelo exílio de Tristão, celebravam sua rainha redescoberta. Ao dobrar dos sinos, pelas ruas bem forradas e rodeadas de seda, os condes e os príncipes cortejavam-na; as portas do palácio abriram-se a todos os visitantes; ricos e pobres puderam sentar-se e comer e, para celebrar aquele dia, Marc, tendo libertado cem de seus servos, deu a espada e a cota de malha a vinte aspirantes a cavaleiros, armando-os com as próprias mãos.

No entanto, chegada a noite, Tristão, como havia prometido à rainha, entrou na casa do guardião Orri, que o hospedou em segredo na despensa em ruínas. Os desleais que se cuidassem!

XII.

O JULGAMENTO
pelo ferro em brasa

Dieu i a fait vertuz.

— Béroul

Logo, Denoalen, Andret e Gondoïne acreditaram estar seguros: sem dúvida, Tristão levava sua vida além-mar, em um país longínquo demais para atingi-los. Então, em um dia de caça, enquanto o rei, ouvindo os latidos de sua matilha, retinha seu cavalo no meio de um campo, os três cavalgaram em sua direção:

— Rei, ouve nossa palavra. Tinhas condenado a rainha sem julgamento, e não foi justo; hoje tu a absolves sem julgamento: não continua a ser injusto? Ela nunca se justificou, e os barões de teu país vos culpam a ambos. Seria melhor que a aconselhasses a pedir ela mesma o julgamento de Deus. O que lhe custará, sendo inocente, jurar pelas ossadas dos santos, afirmando que nunca pecou? Sendo inocente, que lhe custará segurar um ferro em brasa? Assim é o costume, e por um teste fácil assim para sempre serão dissipadas as velhas suspeitas.

Marc, irritado, respondeu:

— Que Deus os destrua, senhores da Cornualha, a vós que sem descanso buscais minha vergonha! Por vós expulsei meu sobrinho; que me exigis ainda? Que eu expulse a rainha para a Irlanda? Quais são vossas novas queixas? Contra as queixas antigas, Tristão não se ofereceu para sua defesa? Para justificá-las, ofereceu-vos combate e todos escutaram-no: por que não pegastes vossos escudos e vossas lanças contra ele? Senhores, vós me pedistes muito além do que era vosso direito. Temei, portanto, que eu não convoque aqui o homem por vós perseguido!

Então os covardes estremeceram. Acreditaram ver Tristão de volta, sangrando seus corpos impunemente.

— *Sire*, dávamos leal conselho, para vossa honra, como convém a vossos fiéis; mas, de agora em diante, nos calaremos. Esquecei vossa cólera, dai-nos vossa paz!

Mas Marc manteve-se firme:

— Fora de minha terra, desleais! Vós não tereis mais a minha paz. Por vós, expulsei Tristão; chegou vossa hora de sair de minha terra!

— Que assim seja, belo *sire*! Nossos castelos são fortes, bem cercados com estacas, sobre rochedos difíceis de escalar!

E, sem saudá-lo, deram meia-volta.

Marc não esperou cães de caça nem caçadores e guiou seu cavalo na direção do Tintagel. Subiu os degraus do salão, e a rainha ouviu seu passo apressado ecoando nas lajotas.

Ela levantou-se, foi ao seu encontro, tomou sua espada, como era seu costume, e curvou-se a seus pés. Marc segurou-a pelas mãos e levantou-a, ao que Isolda, erguendo o olhar em sua direção, viu seus nobres traços atormentados pela raiva:

tal como ele lhe aparecera há muito tempo, transtornado, diante da fogueira.

"Ah!", pensou ela, "meu amigo foi descoberto, o rei o pegou!"

Seu coração resfriou-se no peito e, sem dizer uma só palavra, ela caiu aos pés do rei. Ele tomou-a nos braços e beijou-a suavemente. Pouco a pouco, ela reanimou-se:

— Amiga, amiga, qual é vosso tormento?

— *Sire*, tenho medo; eu vos vi com tanta cólera!

— Sim, voltava irritado dessa caçada.

— Ah! Senhor, se vossos caçadores o magoaram, convém levar a sério aborrecimentos de caça?

Marc sorri diante desse comentário:

— Não, amiga, meus caçadores não me irritaram; mas três desleais, que, há muito tempo, nos odeiam. Tu os conheces: Andret, Denoalen e Gondoïne. Expulsei-os de minha terra.

— *Sire*, que mal ousaram eles dizer a meu respeito?

— Que te importa? Expulsei-os.

— *Sire*, todos têm o direito de falar o que pensam. Mas também tenho o direito de saber a culpa lançada sobre mim. E, de quem poderia sabê-lo, senão de vós? Sozinha nesta terra estrangeira, não tenho ninguém, além de vós, *sire*, para me defender.

— Que assim seja. Eles alegaram que seria conveniente que te justificasses pelo juramento e pela prova do ferro em brasa. "A rainha", diziam eles, "não deveria requerer ela mesma tal julgamento? Essas provas são leves a quem se sabe inocente. O que isso lhe custaria?... Deus é o verdadeiro juiz; Ele dissiparia para sempre as queixas antigas..." Eis o que alegaram. Mas deixemos de lado essas coisas. Expulsei-os, já te disse.

Isolda estremeceu; olhou para o rei:

— *Sire*, ordenai-lhes que voltem à vossa corte. Vou justificar-me por juramento.

— Quando?

— No décimo dia.

— Esse prazo está muito próximo, amiga.

— Está longe demais. Mas peço que, de hoje até lá, mandeis avisar o rei Arthur para cavalgar com o monsenhor Gauvain, com Girflet, Ké, o senescal, e uma centena de seus cavaleiros até o limiar de vossa terra, na Charneca Branca, na margem do rio que separa vossos reinos. É ali, diante deles, que quero fazer o juramento e não apenas diante de vossos barões. Pois, mal tivesse acabado de jurar, vossos barões ainda pediriam que me impusésseis uma nova prova, e nossos tormentos nunca iriam acabar. Mas não ousarão mais, caso Arthur e seus cavaleiros sejam testemunhas do julgamento.

Enquanto os arautos mensageiros de Marc para o rei Arthur apressavam-se em direção a Carduel, Isolda secretamente enviou para Tristão seu pajem Perinis, o Louro, o Fiel.

Perinis correu pelas matas, evitando as trilhas abertas, até alcançar a cabana de Orri, o guardião, onde Tristão esperava havia muitos dias. Perinis relatou-lhe o que acontecera, a nova deslealdade, o prazo do julgamento, a hora e o local marcados:

— *Sire*, minha senhora manda dizer-vos que, no dia marcado, sob vestes de peregrino, tão habilmente disfarçado que ninguém possa reconhecer-vos, sem armas, estejais na Charneca Branca. Ela precisa, para atingir o local do julgamento, cruzar o rio em um barco. Sobre a margem oposta, onde estarão os cavaleiros do rei Arthur, estareis à sua espera.

Sem dúvida, sereis capaz de ajudá-la. Minha senhora teme o dia do julgamento; no entanto confia na cortesia de Deus, que já soube arrancá-la das mãos dos leprosos.

— Volta para a rainha, belo e doce amigo Perinis: dize-lhe que farei sua vontade.

Ora, senhores, quando Perinis voltava para Tintagel, ele acabou percebendo em um matagal o mesmo guardião que, pouco tempo antes, depois de surpreender os amantes adormecidos, denunciara-os ao rei. Certo dia, estando embriagado, gabou-se de sua traição. O homem, tendo cavado um buraco profundo na terra, habilmente recobriu-o com galhos, para capturar lobos e javalis. Viu o pajem da rainha lançar-se sobre si e quis fugir. Mas Perinis encurralou-o na beira da armadilha:

— Espião que vendeu a rainha, por que estás fugindo? Fica aí, perto da sepultura que tiveste, tu mesmo, o cuidado de cavar!

Seu cajado girou no ar, zumbindo. O cajado e o crânio despedaçaram-se ao mesmo tempo, e Perinis, o Louro, o Fiel, com o pé, empurrou o corpo para dentro do fosso coberto de galhos.

No dia marcado para o julgamento, o rei Marc, Isolda e os barões da Cornualha, após cavalgarem até a Charneca Branca, chegaram em bela comitiva diante do rio. Reunidos ao longo da margem oposta, os cavaleiros de Arthur saudaram-nos com seus estandartes brilhantes.

Diante deles, sentado sobre a margem, um miserável peregrino envolto em sua capa, de onde pendiam conchas, estendia sua tigela de madeira e pedia esmolas com uma voz estridente e triste.

À força de remos, os barcos da Cornualha aproximavam-se.

Quando estavam perto de aportar, Isolda perguntou aos cavaleiros ao seu redor:

— Senhores, como poderei chegar em terra firme sem sujar minhas longas vestes neste lodo? Seria preciso que um barqueiro viesse me ajudar.

Um dos cavaleiros chamou o peregrino:

— Amigo, enrola tua capa, desce na água e carrega a rainha, se, no entanto, não tens medo, alquebrado como te vejo, de definhar no meio do caminho.

O homem pega a rainha nos braços. Ela sussurra-lhe baixinho:

— Amigo! — Então, ainda sussurrando: — Deixa-te cair na areia.

Chegando à margem, ele tropeçou e caiu, segurando a rainha em seus braços. Escudeiros e navegantes, agarrando os remos e os arpões, perseguiram o pobre sujeito.

— Deixai-o — disse a rainha. — Sem dúvida, uma longa peregrinação enfraqueceu-o.

E, desprendendo um fecho de ouro fino, jogou-o para o peregrino.

Diante do estandarte de Arthur, um rico tecido de seda da Niceia estava estendido sobre a relva verde, e as relíquias dos santos, retiradas dos estojos e relicários, já estavam ali dispostas. Monsenhor Gauvain, Girflet e Ké, o senescal, guardavam-nas.

A rainha, tendo suplicado a Deus, retirou as joias do pescoço e das mãos e deu-as aos pobres mendigos; desamarrou seu manto de púrpura e o fino escapulário e deu-lhes; deu também sua capa, seu brial e os sapatos ornados de pedrarias. Manteve apenas uma túnica sem mangas sobre o corpo e, com os braços e os pés descalços, avançou diante dos dois reis. Ao redor, os barões observavam-na em silêncio e choravam. Perto das relíquias ardia um braseiro. Tremendo, ela estendeu a mão direita na direção das ossadas dos santos e disse:

– Rei de Logres e da Cornualha, *sire* Gauvain, *sire* Ké, *sire* Girflet e vós todos que sois minhas testemunhas, por estes corpos santos e por todos os corpos santos que estão neste mundo, juro que jamais um homem nascido de mulher segurou-me em seus braços, à exceção do rei Marc, meu senhor, e do pobre peregrino que, agora mesmo, deixou-se cair diante de seus olhos. Rei Marc, este juramento é conveniente?

– Sim, rainha, e que Deus manifeste seu verdadeiro julgamento!

– Amém! – diz Isolda.

Aproxima-se do braseiro, pálida e trêmula. Todos calavam-se. O ferro ardia. Então, ela mergulhou os braços nus nas brasas, agarrou a barra de ferro, caminhou nove passos segurando-a e, depois de soltá-la, estendeu seus braços em cruz, com as palmas das mãos abertas. E todos viram que sua carne estava mais saudável do que uma ameixa na ameixeira.

E, de todos os peitos, um grande grito de louvor subiu a Deus.

XIII.

A VOZ
do Rouxinol

> *Tristran defors e chante e gient*
> *Cum russinol que prent congé*
> *En fin d'esté od grand pité.*
> – "O Domínio dos Amantes"

Quando Tristão, voltando para a cabana do guardião Orri, jogou fora seu cajado e tirou sua capa de peregrino, sabia claramente em seu coração que chegara o dia de cumprir o juramento ao rei Marc e afastar-se da terra da Cornualha.

O que ainda o atrasava? A rainha justificara-se, o rei amava-a, respeitava-a. Arthur a tomaria sob sua salvaguarda, se necessário e, dali por diante, nenhuma deslealdade prevaleceria contra ela. Por que vagar por mais tempo por Tintagel? Ele arriscava sua vida em vão, além da vida do guardião e o descanso de Isolda. Certamente era preciso partir, e foi pela última vez, sob suas vestes de peregrino, na Charneca Branca, que ele sentira o belo corpo de Isolda entre seus braços.

Ainda se demorou mais três dias, não conseguindo desligar-se do país onde vivia a rainha. Mas, quando chegou o quarto dia, despediu-se do guardião que o hospedara e disse a Gorvenal:

— Belo mestre, eis a hora da longa partida: iremos para a terra de Gales.

Puseram-se a caminho, com tristeza, no meio da noite. Mas sua estrada contornava o pomar cercado de estacas onde Tristão, no passado, esperava sua amiga. A noite brilhava, límpida. Em uma curva do caminho, não muito longe da cerca, ele viu o tronco robusto do grande pinheiro erguer-se na claridade do céu.

— Belo mestre, espera sob o próximo bosque; logo voltarei.

— Onde vais? Louco, queres buscar a morte sem cessar?

Mas já, com um salto confiante, Tristão cruzara a cerca de estacas. Passou por baixo do grande pinheiro, perto dos degraus de mármore claro. De que serviria agora jogar as lascas na fonte? Isolda não viria mais! A passos leves e prudentes, pelo caminho que a rainha seguira no passado, ousou aproximar-se do castelo.

Em seu quarto, entre os braços do adormecido Marc, Isolda mantinha-se acordada. De repente, pela janela entreaberta em que brincavam os raios da lua, penetrou a voz de um rouxinol.

Isolda ouvia a voz sonora que vinha encantar a noite. Elevava-se em lamentos de tal forma que não haveria um coração cruel, um coração assassino que ela não teria emocionado. A rainha pensou: "De onde vem tal melodia?"... De repente, compreendeu: "Ah! É Tristão! Da mesma forma, na floresta do Morois, ele imitava, para me encantar, os pássaros canoros. Ele parte, e eis seu último adeus. Como se lamenta! Tal qual o rouxinol quando se despede, no fim do verão, com imensa tristeza. Amigo, nunca mais escutarei sua voz!

A melodia vibrou ainda mais ardente:

— Ah! Que exiges tu? Que eu vá! Não, lembra-te de Ogrin, o eremita, e dos juramentos feitos. Cala-te, a morte nos vigia... Que importa a morte! Tu me chamas, tu me queres, eu vou!

Ela desvencilhou-se dos braços do rei e jogou um manto forrado de linho sobre seu corpo quase nu. Era-lhe preciso cruzar a sala adjacente, onde, todas as noites, dez cavaleiros revezavam-se na vigia. Enquanto cinco dormiam, os outros cinco, armados, de pé diante das portas e janelas, vigiavam a área externa. Mas, por acaso, todos estavam adormecidos, cinco nas camas, cinco nas lajotas. Isolda transpôs seus corpos espalhados, levantou a barra da porta: a aldrava soou, mas sem despertar nenhum dos vigias. Ela atravessou a soleira, e o cantor calou-se.

Sob as árvores, sem dizer uma só palavra, ele apertou-a contra seu peito. Seus braços enlaçaram-se fortemente em torno de seus corpos e, até o amanhecer, como se cerzidos por laços, não se soltaram do abraço. Apesar do rei e dos vigias, os amantes deixaram-se levar por sua alegria e por seus amores.

Essa noite enlouqueceu os amantes; e, nos dias que se seguiram, como o rei deixara Tintagel para presidir suas audiências em Saint-Lubin, Tristão, de volta à casa de Orri, ousava todas as manhãs, sob sol forte, esgueirar-se pelo pomar até os aposentos das mulheres.

Um servo surpreendeu-o e foi procurar Andret, Denoalen e Gondoïne:

— Senhores, a besta que acreditais desalojada voltou para o covil.

— Quem?

— Tristão.

— Quando o viste?

— Esta manhã e reconheci-o bem. E vós podereis igualmente amanhã, na alvorada, vê-lo chegando, a espada cingida, um arco em uma mão, duas flechas na outra.

— Onde o veremos?

— Por uma janela que conheço. Mas, se vos mostrar, quanto me dareis vós?

— Um marco de prata e serás um camponês rico.

— Então, ouvi — diz o servo. — Pode-se ver o interior do quarto da rainha, por meio de uma janela estreita que o domina, pois foi perfurada muito alto na muralha. Mas uma grande cortina pendurada por todo o quarto esconde a abertura. Basta que, amanhã, um de vós penetre imperceptível no pomar, corte um longo galho de espinheiro, afiando-lhe a ponta; deixe-se, então, içar até a janela alta e enfie o galho, como um espeto, no tecido da cortina. Poderá, dessa forma, empurrá-lo ligeiramente para o lado, e podereis queimar meu corpo, senhores, se atrás da cortina não virdes então o que vos disse.

Andret, Gondoïne e Denoalen debateram qual deles seria o primeiro a desfrutar desse espetáculo e, finalmente, concordaram em concedê-lo primeiramente a Gondoïne. Separaram-se. No dia seguinte, na alvorada, se encontrariam novamente; no dia seguinte, à alvorada, belos senhores, cuidado com Tristão!

No dia seguinte, na noite ainda escura, Tristão, deixando a cabana de Orri, o guardião, rastejou em direção ao castelo, sob o denso matagal de espinheiros. Quando saía de uma mata, olhou pela clareira e viu Gondoïne vindo de suas terras. Tristão jogou-se nos espinheiros e escondeu-se, emboscado:

— Ah! Deus! Fazei com que aquele que ali passa não me note até o instante favorável!

Espada na mão, esperava tal instante; mas, por acaso, Gondoïne escolheu outro caminho e afastou-se. Tristão saiu do matagal, desapontado, armou seu arco, mirou. Que miséria! O homem já estava fora do alcance.

Neste momento, eis ao longe descendo lentamente a trilha, a passos de um pequeno corcel negro, Denoalen, seguido por dois grandes galgos. Tristão observou-o, escondido atrás de uma macieira. Viu-o incitando seus cães a desalojar um javali de um pequeno bosque. Mas, antes que os galgos o tivessem retirado de sua toca, seu dono teria recebido tamanho ferimento que nenhum médico saberia curá-lo. Quando Denoalen foi para perto dele, Tristão jogou sua capa para trás, deu um salto, pôs-se de pé diante de seu inimigo. O traidor quis fugir, em vão. Não teve sequer tempo de gritar: "Tu me feres!" Caiu do cavalo. Tristão decepou-lhe a cabeça, cortou as tranças que pendiam em seu rosto e colocou-as em sua perneira: queria mostrá-las a Isolda para alegrar o coração de sua amiga. "Que miséria!", pensou ele, "o que terá acontecido a Gondoïne? Escapou. Por que não poderia lhe ter dado a mesma paga?"

Ele limpou sua espada, colocou-a de volta na bainha, arrastou um tronco de árvore para cima do cadáver e, deixando o corpo ensanguentado, partiu, o capuz na cabeça, em direção a sua amiga.

No castelo de Tintagel, Gondoïne havia-o precedido: tendo subido na janela alta, já espetara sua varinha de espinheiro na cortina, empurrando levemente duas aparas do tecido, e olhava através do quarto bem equipado. Primeiro, ali não viu ninguém, além de Perinis; depois, viu Brangien, que ainda segurava o pente com que acabara de pentear a rainha de cabelos de ouro.

Então Isolda entrou, depois Tristão. Ele carregava em uma mão seu arco de madeira e duas flechas; na outra, segurava duas longas tranças de homem.

Despiu sua capa, e seu belo corpo surgiu. Isolda, a Loura, curvou-se para cumprimentá-lo e, ao endireitar-se, erguendo a cabeça em sua direção, viu, projetada no cortinado, a sombra da cabeça de Gondoïne. Tristão disse-lhe:

— Vês estas belas tranças? São de Denoalen. Vinguei-te dele. Nunca mais ele comprará ou venderá nem escudos nem lanças[21]!

— Muito bem, senhor; mas preparai esse arco, peço-vos: gostaria de ver se é cômodo para entesar.

Tristão entesou-o, surpreso, ainda sem compreender. Isolda pegou uma das duas flechas, alojou-a, olhou para ver se a corda estava boa e disse em voz baixa e rápida:

— Vejo algo que me desagrada. Mira bem, Tristão!

Ele posicionou-se, ergueu a cabeça e viu, além da cortina, a sombra da cabeça de Gondoïne.

— Que Deus direcione esta flecha! — Dito isso, vira-se para a parede e atira. A longa flecha assobia no ar, nem esmerilhão nem andorinha voam tão rápido, perfura o olho do traidor, atravessa seu cérebro como a polpa de uma maçã e para, vibrando, contra o crânio. Sem um grito sequer, Gondoïne é abatido e cai sobre uma estaca.

Então Isolda diz a Tristão:

— Foge agora, amigo! Como vês, os desleais conhecem teu refúgio! Andret sobrevive, ele o mostrará ao rei. Não há

---

21 Referência ao livro bíblico do *Apocalipse* 13:17: o desleal morto não mais poderá fazer suas artimanhas demoníacas. (N. do T.)

mais segurança para ti na cabana do guardião! Foge, amigo; Perinis, o Fiel, esconderá esse corpo na floresta, de tal forma que o rei nunca mais terá notícias dele. Mas tu foge deste país, para tua salvação, para a minha!

Tristão diz:

— Como poderia eu viver?

— Sim, amigo Tristão, nossas vidas estão entrelaçadas e unidas uma à outra. E eu, como poderia viver? Meu corpo aqui fica, tu tens meu coração.

— Isolda, amiga, eu vou partir, não sei para que país. Mas, se voltares a ver o anel de jaspe verde, farás o que eu te pedir através dele?

— Sim, sabes bem. Se eu revir o anel de jaspe verde, nem torre, nem fortaleza, nem proibição real me impedirão de fazer a vontade do meu amigo, seja loucura, seja sabedoria!

— Amiga, que o Deus nascido em Belém te ouça!

— Amigo, que Deus te proteja!

XIV.

O GUIZO
Maravilhoso

> *Ne membre vus, ma belle amie,*
> *D'une petite druerie?*
> – A Loucura de Tristão

Tristão refugiou-se no País de Gales, na terra do nobre duque Gilain. O duque era jovem, poderoso e cortês. Recebeu-o como um convidado bem-vindo. Para honrá-lo e alegrá-lo, não poupou esforços; mas nem as aventuras nem as festas puderam acalmar a angústia de Tristão.

Certo dia, sentado ao lado do jovem duque, seu coração doía tanto que ele suspirava sem nem mesmo perceber. O duque, para aliviar sua dor, ordenou que fosse levado para seus aposentos privados seu passatempo favorito, algo que, por encanto, nas horas tristes, seduzia seus olhos e seu coração. Em uma mesa coberta com um nobre e rico tecido púrpura, colocaram seu cachorro Petit-Crû. Era um cão encantado. Vinha da parte do duque da ilha de Avalon; uma fada enviara-o como presente de amor. Ninguém é capaz de usar palavras hábeis o suficiente para descrever sua natureza e sua beleza.

Seu pelo era colorido com tons dispostos de forma tão maravilhosa que não saberíamos nomear sua cor. Seu pescoço parecia, a princípio, mais branco do que a neve; suas ancas, mais verdes do que uma folha de trevo; uma das laterais, vermelha como o escarlate; a outra, amarela como açafrão; sua barriga, azul como o lápis-lazúli; suas costas rosadas. Mas, quando olhávamos para ele por mais tempo, todas essas cores dançavam nos olhos e mudavam, ora brancas e verdes, amarelas, azuis, purpúreas, ora sombrias, ora brilhantes. Ao redor do pescoço, suspenso por uma corrente de ouro, ele usava um guizo com um toque tão alegre, tão claro, tão doce que, quando Tristão o ouviu, seu Tristão amoleceu, acalmou-se e toda a sua dor dissipou-se. Não se lembrou mais de todas as misérias sofridas por causa da rainha, tal era a maravilhosa virtude do guizo: ao ouvi-lo soar tão doce, tão claro, o coração esquecia de toda dor. E enquanto Tristão, movido pelo feitiço, acariciava o bichinho encantado, que lhe tirava toda a tristeza e cujo pelo, ao toque de sua mão, parecia mais macio do que um tecido de seda dourada, pensava que este seria um belo presente para Isolda. Mas que fazer? O duque Gilain amava Petit-Crû acima de tudo, e ninguém poderia tirá-lo dele, nem por astúcia nem por súplica.

Certo dia, Tristão disse para o duque:

— *Sire*, que daríeis vós a quem livrasse suas terras do gigante Urgan, o Peludo, que vos exige tributos tão pesados?

— Na verdade, deixaria seu conquistador escolher, entre minhas riquezas, aquilo que considerasse mais precioso; mas ninguém ousará atacar o gigante.

— Eis palavras maravilhosas — respondeu Tristão. — Mas o bem nunca chega a um país a não ser por suas aventuras e, com todo o ouro de Pavie, não desistiria de meu desejo de lutar contra o gigante.

— Então — disse o duque Gilain —, que o Deus nascido de uma Virgem o acompanhe e o defenda da morte!

Tristão encontrou Urgan, o Peludo, em seu covil. Por muito tempo, lutaram furiosamente. Por fim, a destreza triunfou sobre a força, a espada ágil sobre a clava pesada, e Tristão, tendo cortado o punho direito do gigante, levou-o ao duque:

— *Sire*, em recompensa, como vós o prometestes, dai-me Petit-Crû, vosso cão encantado!

— Ora, o que me pediste? Deixa-o comigo e leva, no lugar, minha irmã e metade da minha terra.

— *Sire*, vossa irmã é bela, e bela é vossa terra. Mas foi para ganhar vosso cão mágico que ataquei Urgan, o Peludo. Lembrai-vos de vossa promessa!

— Leva-o, então; mas sabe que tu me tiraste a alegria de meus olhos e a felicidade do meu coração!

Tristão confiou o cachorro a um sábio e astuto menestrel de Gales, que o levou em seu nome para a Cornualha. Ele chegou a Tintagel e, secretamente, entregou-o a Brangien. A rainha ficou muito exultante, deu dez marcos de ouro em recompensa ao menestrel e disse ao rei que a rainha da Irlanda, sua mãe, enviava-lhe esse querido presente. Mandou um ourives fazer uma casinha lindamente incrustada de ouro e pedras preciosas e, onde quer que fosse, carregava-o consigo, em lembrança de seu amigo. E, toda vez que ela olhava para o cão, tristeza, angústia e saudades desapareciam de seu coração.

A princípio, ela não compreendeu a maravilha. Se encontrava tamanha doçura ao contemplá-lo, era, pensava ela, porque ele viera de Tristão. Era, sem dúvida, o pensamento de seu amigo que adormecia de tal forma sua dor. Mas, certo dia, soube que se tratava de um feitiço e que só o soar do guizo encantava seu coração.

— Ah! — pensou ela. — É apropriado que eu conheça conforto enquanto Tristão continua infeliz? Ele poderia ter ficado com este cão encantado e, assim, esquecer toda dor. Por bela cortesia, preferiu mandá-lo para mim, para dar-me sua alegria e retomar sua miséria. Mas não é certo que assim seja. Tristão, quero sofrer enquanto tu sofreres.

Ela pegou o guizo mágico, fez com que soasse uma última vez, desamarrou-o com cuidado; então, pela janela aberta, jogou-o no mar.

XV.

ISOLDA DE
Brancas Mãos

> *Ire de femme est a duter;*
> *Mol s'en deit bien chascuns garder.*
> *Cum de leger vient leur amur,*
> *De leger revient lur haür.*
>
> – Tomás

Os amantes não podiam viver nem morrer um sem o outro. Separados, não era a vida nem a morte, mas a vida e a morte ao mesmo tempo.

Por mares, ilhas e países, Tristão quis fugir de sua miséria. Reviu seu país de Loonnois, onde Rohalt, o Defensor da Fé, recebeu seu filho com lágrimas de ternura; mas, incapaz de viver na paz de sua terra, Tristão passou pelos ducados e pelos reinos, em busca de aventuras. De Loonnois à Frísia, da Frísia à Gavoie, da Alemanha à Espanha, ele serviu muitos senhores, completou muitas empreitadas. Mas, por dois anos, nenhuma notícia chegou até ele da Cornualha, nenhum amigo, nenhuma mensagem.

Então, acreditou que Isolda o desprezara e o esquecera.

Ora, chegou um dia em que, cavalgando a sós com Gorvenal, ele entrou na terra da Bretanha. Cruzaram uma planície devastada: por toda a parte muralhas em ruínas, aldeias sem habitantes, campos desmatados pelo fogo, e seus cavalos pisoteavam cinzas e brasas. Na charneca deserta, Tristão pensou:

"Estou cansado e abatido. De que me servem essas aventuras? Minha senhora está longe, nunca mais a verei. Por que, há dois anos, não me pede ela para procurar nada pelos países? Nem sequer uma mensagem. Em Tintagel, o rei honra-a e serve-a; ela vive em alegria. Certamente, o guizo do cão encantado faz bem seu trabalho! Ela esquece de mim e pouco interessam-lhe os sofrimentos e alegrias do passado, pouco interessa-lhe o miserável que vagueia por este país desolado. De minha parte, nunca esquecerei aquela que me esquece? Nunca encontrarei ninguém que cure minha miséria?"

Por dois dias, Tristão e Gorvenal atravessaram os campos e burgos sem ver um homem, um cavalo, um cachorro sequer. No terceiro dia, à hora de noa, aproximaram-se de uma colina onde erguia-se uma velha capela e, bem perto, a cabana de um eremita. O eremita não usava nenhum traje de tecido, mas uma pele de cabra, com trapos de lã sobre as costas. Prostrado no chão, com os joelhos e os cotovelos nus, ele implorava a Maria Madalena que o inspirasse com orações benfazejas. Deu as boas-vindas aos recém-chegados e, enquanto Gorvenal guardava os cavalos, desarmou Tristão e serviu algo para comer. Não lhes ofereceu iguarias, mas pão de cevada amassado com cinzas e água da fonte. Após a refeição, como caíra a noite e estavam sentados ao redor do fogo, Tristão perguntou que terra em ruínas era aquela.

— Belo senhor — disse o eremita —, é a terra da Bretanha, propriedade do duque Hoël. Antigamente, era um belo país, rico em pradarias e terras aradas: aqui moinhos, ali macieiras, lá chácaras. Mas o conde Riol de Nantes tudo arruinou. Seus saqueadores lançaram fogo por toda parte e, por toda parte, tomaram a caça. Por isso, seus homens são ricos há muito tempo: assim é a guerra.

— Irmão — disse Tristão —, por que o conde Riol execrou assim vosso senhor, Hoël?

— Eu vos direi, senhor, o porquê da guerra. Sabei que Riol era vassalo do duque Hoël. Ora, o duque tem uma filha, a mais bela entre as filhas de grandes homens, e o conde Riol queria desposá-la. Mas seu pai recusou-se a entregá-la a um vassalo, e o conde Riol tentou tomá-la à força. Muitos homens morreram por essa disputa.

Tristão perguntou:

— O duque Hoël ainda é capaz de sustentar essa guerra?

— Com grande dificuldade, meu senhor. No entanto, seu último castelo, Carhaix, ainda resiste, pois lá as muralhas são fortes, e forte é o coração do filho do duque Hoël, Kaherdin, o bom cavaleiro. Mas o inimigo pressiona-os e mata-os de fome: serão eles capazes de aguentar por muito tempo?

Tristão perguntou a que distância ficava o castelo de Carhaix.

— *Sire*, a apenas três quilômetros daqui.

Separaram-se e dormiram. De manhã, depois que o eremita fizera suas preces, eles dividiram o pão de cevada e cinzas, Tristão despediu-se do respeitável homem e cavalgou para Carhaix.

Quando parou ao pé das muralhas cerradas, viu uma tropa de homens de sentinela e perguntou pelo duque. Hoël estava entre eles, com seu filho Kaherdin. Ele deu-se a conhecer, e Tristão disse-lhe:

— Sou Tristão, rei de Loonnois, e Marc, rei da Cornualha, é meu tio. Soube, senhor, que vossos vassalos vos prejudicaram e vim oferecer-vos meu serviço.

— Ai de mim! *Sire* Tristão, segui vosso caminho e que Deus vos recompense! Como posso dar-vos as boas-vindas por aqui? Não temos mais comida; sem trigo, nada além de favas e cevada para sobrevivermos.

— Que importa? — disse Tristão. — Morei em uma floresta, durante dois anos, à base de ervas, raízes e carne de caça, e sabei que achava boa essa vida. Ordenai que me abram esta porta.

Kaherdin disse, então:

— Recebei-o, meu pai, já que ele é tão corajoso, para que tome parte de nossos bens e de nossos males.

Acolheram-no com honrarias. Kaherdin mostrou ao hóspede as fortes muralhas e a torre principal, bem cercadas de ameias com estacas, de onde os besteiros espreitavam ocultos. Das ameias, mostrou-lhe, na planície ao longe, as tendas e estandartes erigidos pelo conde Riol. Quando voltaram para a entrada do castelo, Kaherdin disse a Tristão:

— Ora, belo amigo, subiremos à sala em que se encontram minha mãe e minha irmã.

Ambos, de mãos dadas, entraram no aposento das mulheres. A mãe e a filha, sentadas sobre uma colcha, enfeitavam com tiras de ouro um dossel litúrgico da Inglaterra e cantavam uma trova. Relatavam como a Bela Doette, sentada ao vento sobre o espinheiro branco, espera cheia de saudades Doon, seu amigo, que demora muito a chegar. Tristão saudou-as, e elas saudaram-no, então os dois cavaleiros sentaram-se ao lado delas. Kaherdin mostrou a estola que sua mãe bordava:

— Vede — disse ele —, belo amigo Tristão, que esforçada é minha senhora. Como ela sabe ornar as estolas e as casulas[22] maravilhosamente, para dá-las de esmola aos mosteiros pobres! E como as mãos de minha irmã fazem os fios de ouro correrem sobre essa seda branca! Por Deus, bela irmã, não é à toa que tendes o nome de Isolda de Brancas Mãos!

Então Tristão, sabendo que ela se chamava Isolda, sorriu e olhou-a com mais ternura.

Ora, o conde Riol armara seu acampamento a cinco quilômetros de Carhaix e, por muitos dias, os homens do duque Hoël não ousavam mais transpor as barreiras para atacá-lo. Contudo, no dia seguinte, Tristão, Kaherdin e doze jovens cavaleiros deixaram Carhaix, as cotas de malha, os elmos enlaçados, e cavalgaram por um bosque de pinheiros até perto das tendas inimigas. Então, saindo de seu esconderijo, tomaram à força uma carroça do conde Riol.

Daquele dia em diante, variando repetidamente astúcia e destreza, eles derrubavam suas tendas mal protegidas, atacavam seus comboios, feriam e matavam seus homens e nunca voltavam para Carhaix sem trazer de volta alguma presa. Com isso, Tristão e Kaherdin começaram a demonstrar fé e ternura um pelo outro, a ponto de jurarem-se amizade e companheirismo. Nunca faltaram com sua palavra, como a história vos mostrará.

Ora, enquanto voltavam dessas cavalgadas, falando de cavalaria e cortesia, Kaherdin costumava louvar seu caro companheiro à irmã Isolda de Brancas Mãos, a simples, a bela.

Certa manhã, como a aurora acabara de raiar, um vigia desceu apressado de sua torre e correu pelos salões gritando:

---

22 Vestes litúrgicas de seda dos séculos XVII e XVIII. (N. do T.)

— Senhores, dormistes demais! Levantai-vos, Riol vem para o ataque!

Cavaleiros e burgueses armaram-se e correram às muralhas. Viram os elmos brilhando na planície, as flâmulas de cendal tremulando e todo o exército de Riol avançando em bela comitiva. O duque Hoël e Kaherdin mobilizaram prontamente os primeiros batalhões à frente dos portões. Chegando ao alcance dos arcos, reuniram os cavalos, as lanças abaixadas, e as flechas caíram sobre eles como uma chuva de abril.

Tristão, por sua vez, armava-se em companhia daqueles que o vigia havia acordado por último. Ele enlaça as perneiras, veste o brial, as estreitas polainas e as esporas de ouro; enfia a cota de malha, fixa o elmo no rosto; monta, espora seu cavalo até a planície e surge, o escudo erguido contra o peito, gritando:

— Carhaix!

Era a hora: os homens de Hoël já começavam a recuar. Foi, então, prazeroso ver a confusão de cavalos abatidos e vassalos feridos, os golpes desferidos pelos jovens cavaleiros e a relva que, sob seus passos, cobria-se de sangue. Diante de todos, Kaherdin detivera-se orgulhoso, ao ver um valente barão, o irmão do conde Riol, investindo contra ele. Ambos se enfrentaram com as lanças abaixadas. O nobre de Nantes quebrou a própria arma sem estremecer Kaherdin, que, com um golpe mais certeiro, dilacerou o escudo do oponente e plantou seu ferro polido no flanco inimigo até atingir-lhe o estandarte. Erguido de sua sela, o cavaleiro é lançado do cavalo e cai.

Ao grito que soltara seu irmão, o duque Riol avançou contra Kaherdin, o freio esquecido. Mas Tristão barrou sua passagem. Quando se chocaram, a lança de Tristão partiu-se em suas mãos, e a lança de Riol, encontrando o peito do cavalo inimigo, penetrou-lhe na carne e estendeu-o morto na relva. Tristão imediatamente levanta-se, com a espada polida na mão:

— Covarde — diz ele. — Morte cruel àquele que deixa o dono para ferir o cavalo! Não vais sair vivo deste campo.

— Presumo que estejais mentindo! — respondeu Riol, lançando seu corcel contra ele.

Mas Tristão esquivou-se do ataque e, levantando o braço, deixou sua lâmina cair pesadamente no elmo de Riol, enganchando-lhe a viseira e arrancando parte da babeira[23]. A lança escorregou do ombro do cavaleiro para o flanco do cavalo, que, por sua vez, cambaleou e caiu. Riol conseguiu desvencilhar-se dele e pôs-se de pé. Ambos sem cavalo, os escudos perfurados, rachados, as cotas de malha rasgadas, eles movem-se e atacam-se; por fim, Tristão atinge Riol no alto de seu elmo. A viseira cede e o golpe, desferido com tanta força, faz com que o barão caia de joelhos, sobre as próprias mãos:

— Levanta-te, se puderes, vassalo — gritou-lhe Tristão. — Na hora errada vieste para este campo: deves morrer!

Riol põe-se de pé, mas Tristão atira-o novamente ao chão com um golpe que lhe parte o elmo, cortando-lhe a cimeira e descobrindo-lhe o crânio. Riol implorou misericórdia, pediu por sua vida, e Tristão recebeu sua espada. Tomou-a em tempo, pois de toda parte o povo de Nantes vinha em socorro de seu senhor. Mas seu senhor já se rendera.

Riol prometeu ir à prisão do duque Hoël, para jurar-lhe mais uma vez respeito e fidelidade e restaurar os burgos e

---

23 Tanto a viseira quanto a babeira são partes de um elmo medieval. A viseira abriga os olhos do cavaleiro, enquanto a babeira protege-lhe o nariz e a boca. (N. do T.)

aldeias incendiados. Por ordem sua, a batalha morreu e seu exército afastou-se.

Quando os vencedores voltaram para Carhaix, Kaherdin disse a seu pai:

— Sire, convocai Tristão e conservai-o; não há melhor cavaleiro, e vosso país precisa de um barão com tamanha bravura.

Tomando o conselho de seus homens, o duque Hoël chamou Tristão:

— Amigo, nunca poderia amá-lo o suficiente, já que me haveis conservado esta terra. Então, quero recompensar-vos. Minha filha, Isolda de Brancas Mãos, nasceu de duques, reis e rainhas. Tomai-a, ofereço-a para vós.

— Sire, eu a tomarei — disse Tristão.

Ah! Senhores, por que diz ele tal coisa? Mas, por essas palavras, morreu.

O dia é marcado, o prazo estabelecido. O duque vem com seus amigos. Tristão com os seus. O capelão reza a missa. Diante de todos, à porta do monastério, como roga a lei da Santa Igreja, Tristão casa-se com Isolda de Brancas Mãos. As núpcias foram grandiosas e ricas.

Mas, chegada a noite, enquanto os homens de Tristão despojavam-no de suas roupas, aconteceu que, removendo a manga muito justa de seu brial, tiraram e fizeram cair de seu dedo o anel de jaspe verde, o anel de Isolda, a Loura. Ele ressoa com nitidez nas lajotas.

Tristão olha e vê o anel. Então, seu antigo amor desperta, e ele reconhece seu crime.

Chega-lhe à mente o dia em que Isolda, a Loura, deu-lhe aquele anel: foi na floresta onde, por ele, ela levara aquela vida cruel. E, deitado ao lado da outra Isolda, ele reviu a cabana do Morois. Por que ato de loucura seu coração acusava sua amiga de traição? Não, ela sofria por ele toda a sorte de miséria, e apenas ele a traíra. Mas Tristão também se compadecia de Isolda, sua esposa, a simples, a bela. As duas Isoldas amaram-no na hora errada. A ambas, ele mentira acerca de sua fidelidade.

No entanto, Isolda de Brancas Mãos surpreendia-se ao escutá-lo suspirar, estendido ao seu lado. Finalmente, ela disse-lhe, um tanto quanto envergonhada:

— Caro senhor, ofendi-o em alguma coisa? Por que não me dais nem um único beijo? Dizei-me para que eu saiba de minha culpa e possa emendá-la, se possível.

— Amiga — disse Tristão —, não vos zangueis, mas fiz uma promessa. Não faz muito tempo, em outro país, lutei contra um dragão e estava a ponto de perecer quando me lembrei da mãe de Deus: prometi-lhe que, libertado do monstro por sua intercessão, se algum dia me casasse, abdicaria de abraçar e beijar minha esposa por um ano inteiro...

— Então — disse Isolda de Brancas Mãos —, sofrerei de boa vontade.

Quando as criadas, pela manhã, arrumaram-lhe a camisola das mulheres casadas, ela sorriu e pensou que ainda não tinha direito àquele adorno.

XVI.

KAHERDIN

La dame chante dulcement,
Sa voix accorde a l'estrument.
Les mains sont beles, li lais bons,
Dulce la voix et bas li tons.

— Tomás

Alguns dias depois, o duque Hoël, seu senescal e todos os seus caçadores, Tristão, Isolda de Brancas Mãos e Kaherdin saíram juntos do castelo para caçar na floresta. Por uma estrada estreita, Tristão cavalgava à esquerda de Kaherdin, que, com a mão direita, tomava as rédeas do cavalo de Isolda de Brancas Mãos. Ora, o cavalo tropeçou em uma poça d'água. Seu casco fez a água jorrar com tanta força por sob as vestes de Isolda, que ela ficou toda molhada e sentiu a friagem acima de seu joelho. Soltou um grito fraco e, esporeando o cavalo, riu tão alto e tão claro que Kaherdin, impressionado com ela, aproximou-se e perguntou-lhe:

— Bela irmã, por que estais rindo?

— Por um pensamento que me ocorreu, belo irmão. Quando essa água espirrou em mim, eu lhe disse "água, és mais ousada do que o bravo Tristão jamais foi!" Por isso, ri. Mas falei demais, irmão, e já me arrependi.

Kaherdin, surpreso, pressionou-a de tal forma que ela finalmente lhe contou a verdade de suas núpcias.

Então, Tristão juntou-se a eles, e os três cavalgaram em silêncio até o abrigo de caça. Ali, Kaherdin chamou Tristão para conversar e disse-lhe:

— *Sire* Tristão, minha irmã confessou-me a verdade de suas núpcias. Eu vos considerava um igual e um companheiro. Mas faltastes com vossa lealdade e desprezastes minha família. De agora em diante, se não me fizerdes justiça, saiba que vos desafio.

Tristão respondeu-lhe:

— Sim, vim para o meio de vós para vosso infortúnio. Mas conhece minha miséria, belo e doce amigo, irmão e companheiro, e talvez teu coração se acalme. Sabe que tenho outra Isolda, mais bela do que todas as mulheres, que sofreu e que ainda sofre por mim muitas dores. Certamente tua irmã ama-me e respeita-me. Mas, por amor a mim, a outra Isolda trata, com ainda mais respeito do que tua irmã me tem, um cachorro que lhe dei. Vem; deixemos esta caçada, segue-me para onde vou levar-te. Vou contar-te a miséria de minha vida.

Tristão deu meia-volta e esporeou seu cavalo. Kaherdin conduziu-se por suas pegadas. Sem dizer palavra, correram para as profundezas da floresta. Ali, Tristão revelou sua vida a Kaherdin. Contou como, no mar, ele bebeu o amor e a morte; falou da traição dos barões e do anão, a rainha conduzida à fogueira, entregue aos leprosos, e seus amores na floresta selvagem; já que ele devolvera-a ao rei Marc, e que, tendo fugido dela, queria poder amar Isolda de Brancas Mãos; e como ele sabia, a partir de então, que não poderia viver nem morrer sem a rainha.

Kaherdin cala-se e surpreende-se. Ele sente sua raiva acalmar-se, mesmo sem querer.

— Amigo – diz ele, por fim –, ouço palavras maravilhosas, e emocionastes meu coração até a piedade: pois suportastes tamanhas dores que espero que Deus nos livre de passar por elas! Voltemos a Carhaix: no terceiro dia, se puder, devo dizer-vos meu pensamento.

Em seu quarto, no Tintagel, Isolda, a Loura, suspira por causa de Tristão, a quem ela chama. Continua a amá-lo, não tem outro pensamento, outra esperança, outro querer. Nele está todo o seu desejo e, por dois anos, nada soube dele. Onde está? Em que país? Vive, ao menos?

Em seu quarto, Isolda, a Loura, senta-se e faz uma triste trova de amor. Conta como Guron foi surpreendido e morto pelo amor da senhora que ele amava acima de todas as coisas e como, em um ardil, o conde dera o coração de Guron para sua esposa comer e a dor que ela sofria.

A rainha canta baixinho; ela une sua voz à harpa. As mãos são belas, a trova boa, o tom baixo e a voz doce.

Ora, surge Kariado, um rico conde de uma ilha distante. Ele viera a Tintagel para oferecer à rainha seus serviços e, várias vezes depois da partida de Tristão, oferecera-lhe seu amor. Mas a rainha rejeitava suas ofertas e considerava-as uma loucura. Era um belo cavaleiro, orgulhoso e arrogante, bom falante, porém, tinha mais valor nos aposentos das damas do que em batalha. Encontrou Isolda fazendo sua trova. Disse-lhe, rindo:

— Senhora, que triste canção, triste como aquela da harpia! Não se diz que a harpia canta para anunciar a morte?

Sem dúvida é a minha morte que anuncia vossa trova: já que morro por vosso amor!

— Que assim seja — respondeu-lhe Isolda. — Que minha canção signifique vossa morte, então, pois nunca viestes aqui sem trazer-me notícias dolorosas. Sempre fostes uma harpia ou uma coruja-do-mato, ao caluniar Tristão. Hoje, que má notícia vindes me trazer novamente?

Kariado respondeu-lhe:

— Rainha, estais irritada, e não sei o porquê; mas louco é quem se comove com vossas palavras! Aconteça o que acontecer com a morte que a harpia me anuncia, eis a má notícia que a coruja-do-mato vos traz: Tristão, vosso amigo, está perdido para vós, senhora Isolda. Ele desposou-se em outra terra. A partir de agora, podereis sustentar-vos em outro lugar, pois ele desdenha de vosso amor. Casou-se com grandes honras com Isolda de Brancas Mãos, a filha do duque da Bretanha.

Kariado sai, furioso. Isolda, a Loura, abaixa a cabeça e começa a chorar.

No terceiro dia, Kaherdin chamou Tristão:

— Amigo, aconselhei-me com meu coração. Sim, dissestes a verdade, a vida que levais nesta terra é falsidade e loucura, e nada de bom pode advir nem para vós nem para minha irmã, Isolda de Brancas Mãos. Então, ouvi minha proposta. Navegaremos juntos para Tintagel; vereis novamente a rainha e poreis à prova se ela ainda sente vossa falta e vos é fiel. Se ela vos esqueceu, então talvez tereis mais apreço por minha irmã, Isolda, a simples, a bela. Eu vos seguirei: não sou vosso igual e vosso companheiro?

— Irmão — diz Tristão —, estão corretos os que dizem: o coração de um homem vale todo o ouro de um país.

Em pouco tempo, Tristão e Kaherdin tomaram o cajado e a capa dos peregrinos, como se quisessem visitar os corpos santos em terras distantes. Despediram-se do duque Hoël. Tristão levava Gorvenal, e Kaherdin, um único escudeiro. Secretamente, equiparam uma nau e navegaram em direção à Cornualha.

O vento foi-lhes leve e bondoso, tanto que certa manhã aportaram, antes do amanhecer, não muito longe de Tintagel, em uma enseada deserta, vizinha ao castelo de Lidan. Ali, sem dúvida, Dinas de Lidan, o bom senescal, os alojaria e saberia ocultar sua chegada.

Ao amanhecer, os dois companheiros subiam em direção a Lidan, quando avistaram atrás deles um homem que seguia pela mesma estrada, ao passo lento de seu cavalo. Jogaram-se na floresta, mas o homem passou sem vê-los, pois cochilava na sela. Tristão reconheceu-o.

— Irmão — sussurrou ele para Kaherdin —, trata-se do próprio Dinas de Lidan. Está dormindo. Sem dúvida, está voltando da casa de sua amiga e ainda sonha com ela: não seria cortês acordá-lo, mas segue-me de longe.

Juntou-se a Dinas, segurou lentamente as rédeas de seu cavalo e caminhou em silêncio a seu lado. Finalmente, um tropeço do cavalo acordou o adormecido. Ele abre os olhos, vê Tristão, hesita:

— És tu, és tu, Tristão! Deus abençoe a hora em que volto a ver-te: esperei-a tanto!

— Amigo, Deus vos salve! Que notícias tendes a me contar da rainha?

— Ai de mim! Tristes notícias. O rei estima-a e deseja celebrá-la; mas, desde teu exílio, ela definha e chora por ti. Ah! Por que voltar para perto dela? Ainda queres procurar tua morte e a dela? Tristão, tem compaixão da rainha, deixa-a repousar!

— Amigo — disse Tristão —, dai-me um presente: escondei-me em Lidan, levai-lhe minha mensagem e deixai-me vê-la uma vez, apenas uma vez.

Dinas respondeu:

— Tenho piedade de minha senhora e só quero levar tua mensagem se souber que ela continua querida acima de todas as mulheres por ti.

— Ah! *Sire*, dizei-lhe que ela me continuou querida acima de todas as mulheres e direis a verdade.

— Ora, então segue-me, Tristão; vou ajudar-te em tua necessidade.

Em Lidan, o senescal hospedou Tristão, Gorvenal, Kaherdin e seu escudeiro, e, quando Tristão contou-lhe todos os detalhes da aventura de sua vida, Dinas foi a Tintagel saber as notícias da corte. Soube que, dentro de três dias, Isolda, o rei Marc, todo o seu séquito, todos os seus escudeiros e todos os seus caçadores deixariam Tintagel para instalarem-se no castelo da Charneca Branca, onde eram preparadas grandes caçadas. Então, Tristão confiou ao senescal seu anel de jaspe verde e a mensagem que ele deveria transmitir à rainha.

XVII.

Dinas de
LIDAN

> *Bele amie, si est de nus:*
> *Ne vus sans mei, ne jo sans vus.*
>
> – Marie de França

Dinas voltou ao Tintagel, subiu os degraus e entrou no salão. Sob o dossel, o rei Marc e Isolda, a Loura, estavam sentados diante de um tabuleiro de xadrez. Dinas sentou-se em um tamborete perto da rainha, como para observar seu jogo e, por duas vezes, fingindo apontar-lhe as peças, colocou a mão no tabuleiro. Na segunda vez, Isolda reconheceu o anel de jaspe em seu dedo. Então, fez menção de parar de jogar. Bateu levemente no braço de Dinas, fazendo vários peões caírem.

– Vede, senescal – disse ela. – Estragastes meu jogo de tal forma que não posso retomá-lo.

Marc sai do salão, Isolda retira-se para seu quarto e chama o senescal junto dela:

– Amigo, sois mensageiro de Tristão?

– Sim, rainha, ele está em Lidan, oculto em meu castelo.

– É verdade que ele se desposou na Bretanha?

— Rainha, disseram-vos a verdade. Mas ele garante que não vos traiu, que nem em um único dia deixou de amar-vos sobre todas as mulheres; que ele morrerá se não voltar a vos ver, uma vez que seja: ele vos incita a consentir, pela promessa que lhe fizestes no último dia em que vos falou.

A rainha calou-se por um tempo, pensando na outra Isolda. Por fim, respondeu:

— Sim, no último dia em que ele falou comigo, eu disse, lembro-me bem: "Se eu revir o anel de jaspe verde, nem torre, nem fortaleza, nem proibição real me impedirão de fazer a vontade de meu amigo, seja loucura, seja sabedoria!...

— Rainha, daqui a dois dias a corte deve deixar Tintagel rumo à Charneca Branca. Tristão manda avisar-vos que ele ficará oculto na estrada, em um matagal de espinheiros. Ele implora vossa compaixão.

— Eu disse-lhe: nem torre, nem fortaleza, nem proibição real me impedirão de fazer a vontade de meu amigo.

Dois dias depois, enquanto toda a corte de Marc preparava-se para a partida de Tintagel, Tristão e Gorvenal, Kaherdin e seu escudeiro vestiram a cota de malha, pegaram suas espadas e escudos e, por caminhos secretos, puseram-se a caminho do lugar designado. Através da floresta, duas estradas conduziam à Charneca Branca: uma delas bela e bem calçada, por onde passaria o cortejo, a outra tomada pelas pedras e abandonada. Tristão e Kaherdin colocaram seus dois escudeiros na segunda. Esperariam por eles ali, guardando seus cavalos e seus escudos. Quanto a eles, embrenharam-se na floresta e esconderam-se em um matagal. Diante da mata, na estrada, Tristão colocou no chão um galho de aveleira, com uma madressilva entrelaçada.

Logo o cortejo apareceu na estrada. Primeiro, a tropa do

rei Marc. Em perfeita ordem, vinham os contramestres e os marechais, os cozinheiros e os copeiros, vinham os capelães, os valetes dos cães conduzindo os galgos e os perdigueiros, depois os falcoeiros carregando as aves no punho esquerdo, seguidos dos cavaleiros e dos barões. Eles avançavam a passos lentos, bem arranjados dois a dois, e era agradável vê-los, ricamente montados em cavalos com arreios de veludo salpicados de pedrarias. Por fim, passou o rei Marc, e Kaherdin ficou maravilhado ao ver seus íntimos a seu redor, dois de cada lado, todos vestidos com vestes de ouro ou de escarlate.

Então, avança o cortejo da rainha. As lavadeiras e as camareiras vêm à frente, seguidas pelas esposas e filhas dos barões e condes. Passam uma a uma; um jovem cavaleiro acompanha cada uma delas. Finalmente, aproxima-se um cavalo montado pela mais bela mulher que os olhos de Kaherdin já viram. Ela é bem-feita de corpo e rosto, os quadris um pouco baixos, as sobrancelhas bem definidas, os olhos sorridentes, os dentes miúdos; está coberta com um vestido de seda dourada; um fino rosário de ouro e de pedrarias adorna sua fronte luminosa.

— É a rainha — diz Kaherdin em voz baixa.

— A rainha? — diz Tristão. — Não, é Camille, sua criada.

Então aparece, em um cavalo pálido, outra jovem mais branca do que a neve em fevereiro, mais avermelhada do que a rosa. Seus olhos claros vibram como a estrela na fonte.

— Ora, já a vejo, é a rainha! — disse Kaherdin.

— Ah! Não — diz Tristão. — Essa é Brangien, a Fiel.

Mas a estrada iluminou-se subitamente, como se, de repente, o sol escorresse através das folhagens das enormes árvores, e Isolda, a Loura, apareceu. O duque Andret, que Deus o execre!, cavalgava à sua direita.

Naquele instante, os cantos das toutinegras e das cotovias surgiram do matagal de espinheiros, e Tristão colocava toda a sua ternura nessas melodias. A rainha compreendeu a mensagem de seu amigo. Ela nota no chão o galho de aveleira, onde a madressilva enlaça-se fortemente, e pensa em seu coração: "Assim se passa conosco, amigo; nem vós sem mim, nem eu sem vós". Ela para seu cavalo, desmonta, vai em direção a um potrinho que carregava uma casinha ornada com pedras preciosas. Ali, sobre um tapete de púrpura, estava deitado o cachorro Petit-Crû: ela toma-o nos braços, acaricia-o com a mão, afaga-lhe com seu manto de arminho, faz-lhe muita festa. Então, recolocando-o em seu abrigo, volta-se para o matagal de espinheiros e diz em voz alta:

— Pássaros destas matas, que me alegrastes com vossas canções, eu vos louvo. Enquanto meu senhor, Marc, cavalga até a Charneca Branca, quero hospedar-me em meu castelo de Saint-Lubin. Pássaros, segui-me em cortejo até lá; esta noite vos recompensarei ricamente, como bons menestréis.

Tristão conteve suas palavras e alegrou-se. Mas Andret, o Desleal, já se inquietava. Ele colocou a rainha de volta na sela, e o cortejo partiu.

Ora, ouvi uma má aventura. No momento em que o cortejo real passou, ali, na estrada onde Gorvenal e o escudeiro de Kaherdin guardavam os cavalos de seus senhores, surgiu um cavaleiro armado chamado Bleheri. Ele reconheceu, ao longe, Gorvenal e o escudo de Tristão: "O que vi eu?", pensou ele, "trata-se de Gorvenal, e esse outro é o próprio Tristão". Esporeou seu cavalo na direção deles e gritou:

— Tristão! — Mas os dois escudeiros já haviam volteado as rédeas e fugiam. Bleheri, lançando-se em seu encalço, repetia:

— Tristão! Para, imploro-te por tua bravura!

Mas os escudeiros não voltaram. Então Bleheri gritou:

— Tristão! Para, imploro-te em nome de Isolda, a Loura!

Por três vezes, chamou os fugitivos em nome de Isolda, a Loura. Em vão. Eles desapareceram, e Bleheri só conseguiu alcançar um de seus cavalos, que levou como sua presa. Chegou ao castelo de Saint-Lubin exatamente no instante em que a rainha acabava de se hospedar ali. E, encontrando-a sozinha, disse-lhe:

— Rainha, Tristão está neste país. Vi-o na estrada abandonada que vem de Tintagel. Ele escapuliu. Por três vezes, gritei para que parasse, invocando-o em nome de Isolda, a Loura; mas ele teve medo, não se atreveu a esperar por mim.

— Belo *sire*, dizeis mentiras e desvarios: como Tristão estaria neste país? Como ele teria fugido diante de vós? Como não pararia, invocado em meu nome?

— No entanto, senhora, é tão certo que o vi que tomei um de seus cavalos. Vede-o atrelado ali, no pátio.

Mas Bleheri viu que Isolda se zangara. Ele lamentou, pois amava Tristão e a rainha. Deixou-a, arrependido por ter falado.

Então, Isolda chorou e disse:

— És infeliz! Vivi demais, pois vi o dia em que Tristão zomba de mim e renega-me! No passado, ao ser invocado em meu nome, que inimigo não teria ele enfrentado? Tem bravura em todo o corpo. Se fugiu diante de Bleheri, se não se dignou a parar em nome de sua amiga, ah!, é porque a outra Isolda o possui! Por que voltou? Já me tinha traído, queria escarnecer-se de mim ainda por cima! Não lhe eram suficientes meus tormentos antigos? Pois que volte, ele mesmo renegado, para Isolda de Brancas Mãos!

Ela chamou Perinis, o Fiel, e repetiu as notícias que Bleheri lhe trouxera. E acrescentou:

— Amigo, procura Tristão na estrada abandonada que vai de Tintagel a Saint-Lubin. Dize-lhe que não o saúdo e que ele não tenha a ousadia de aproximar-se de mim, pois eu o faria ser expulso pelos senhores e pelos criados.

Perinis partiu em sua busca, até encontrar Tristão e Kaherdin. Entregou-lhes a mensagem da rainha.

— Irmão — exclamou Tristão —, que disseste tu? Como teria fugido de Bleheri, já que, como podes ver, nem mesmo temos nossos cavalos? Gorvenal os guardava, não o encontramos no local combinado e continuamos a procurá-lo.

Neste instante, Gorvenal e o escudeiro de Kaherdin voltaram e relataram sua aventura.

— Perinis, belo e doce amigo — disse Tristão —, volta depressa para tua senhora. Dize-lhe que lhe envio saudações e amor, que não falhei na lealdade que lhe devo, que a quero acima de todas as mulheres; dize-lhe que te mande de volta para mim trazendo-me sua misericórdia: esperarei aqui por teu retorno.

Então, Perinis voltou para a rainha e contou-lhe o que tinha visto e ouvido. Mas ela não acreditou:

— Ah! Perinis, tu eras meu íntimo, meu fiel, e meu pai destinara-te, desde criança, a servir-me. Mas Tristão, o Encantador, conquistou-te com suas mentiras e seus presentes. Tu também me traíste; vai embora!

Perinis ajoelhou-se diante dela.

— Minha senhora, ouço palavras duras. Nunca senti tamanha dor em minha vida. Mas não me importo comigo mesmo: lamento por vós, senhora, que insultais meu senhor, Tristão, e vos arrependereis tarde demais.

— Vai embora, não acredito em ti! Tu também, Perinis, Perinis, o Fiel, tu me traíste!

Tristão esperou por muito tempo que Perinis lhe trouxesse o perdão da rainha. Perinis não veio.

De manhã, Tristão veste uma grande capa esfarrapada. Ele pinta partes do rosto com vermelhão e cascas de noz, para parecer-se com um doente roído pela lepra. Toma nas mãos um cálice de madeira para pedir esmolas e uma matraca de doente.

Ele entra nas ruas de Saint-Lubin e, mudando sua voz, mendiga a todos os que passam. Será ele capaz de ver a rainha?

Finalmente, ela sai do castelo. Brangien e suas mulheres, seus criados e seus senhores acompanham-na. Ela pega o caminho que leva à igreja. O leproso segue os criados, faz soar sua matraca, suplica com voz melancólica:

— Rainha, oferecei-me qualquer coisa; não sabeis quão carente sou!

Por seu belo corpo, por sua estatura, Isolda reconheceu-o. Estremeceu, mas não se dignou a baixar-lhe o olhar. O leproso implora-lhe, e dava pena ouvi-lo. Ele arrasta-se atrás dela:

— Rainha, se eu ousar aproximar-me de vós, não vos zangueis; tende piedade de mim, bem que mereci!

Mas a rainha chama os criados e os senhores:

— Expulsai esse miserável! — disse-lhes ela.

Os criados empurram-no, batem nele. Ele resiste e clama:

— Rainha, tende piedade!

Então, Isolda soltou uma gargalhada. Sua risada ainda ressoava quando ela entrou na igreja. Ao escutá-la rindo, o leproso partiu. A rainha deu alguns passos na nave do mosteiro. Então, seus membros cederam; ela caiu de joelhos, a **cabeça contra o chão, os braços estendidos.**

No mesmo dia, Tristão despediu-se de Dinas tão desconsolado que parecia ter perdido todo o juízo, e sua nau partiu rumo à Bretanha.

Que miséria! Logo a rainha arrependeu-se. Quando ela soube, por Dinas de Lidan, que Tristão partira tão triste, começou a acreditar que Perinis lhe dissera a verdade; que Tristão não fugira, ao ser chamado em seu nome; que ela fora extremamente injusta ao escorraçá-lo. "Ora!", pensava ela, "expulsei-vos, a vós, Tristão, amigo! Agora me odiais, e não vos verei novamente. Nunca sabereis nem sequer do meu arrependimento, nem que punição quero impor-me como prova menor de meu remorso!"

Daquele dia em diante, para punir-se de seu erro e de sua insanidade, Isolda, a Loura, vestiu um cilício[24] e usou-o contra a carne.

---

24 Túnica, cinto ou cordão de pelo de animal, que se traz sobre a pele para mortificação ou penitência. Foi muito usado na Idade Média por membros do clero. (N. do T.)

XVIII.

TRISTÃO
Louco

El beivre fu la nostre mort.
— Tomás

Tristão voltou a ver a Bretanha, Carhaix, o duque Hoël e sua esposa, Isolda de Brancas Mãos. Todos acolheram-no bem, mas Isolda, a Loura, expulsara-o: nada mais lhe importava. Por um longo tempo, ele definhou longe dela; então, certo dia, pensou que queria revê-la, mesmo que ela mandasse seus senhores e criados espancarem-no da forma mais vil. Longe dela, ele sabia que sua morte era certa e iminente. Melhor morrer de uma vez por todas do que lentamente, todos os dias. Quem vive na dor é como um morto. Tristão deseja a morte, ele quer a morte. Mas que a rainha saiba, pelo menos, que ele morreu por amor a ela. Se ela o souber, ele morrerá de forma mais doce.

Ele partiu de Carhaix sem prevenir ninguém, nem sua família, nem seus amigos, nem mesmo Kaherdin, seu querido companheiro. Partiu vestido como um miserável, a pé, pois ninguém liga para os pobres coitados que andam nas estradas. Caminhou até alcançar a costa.

No porto, uma grande nau mercante zarpava: os marinheiros já içavam a vela e levantavam a âncora, para singrar rumo ao alto-mar.

— Deus vos proteja, senhores, e que possais navegar com êxito! Para que terra ides?

— Para Tintagel.

— Para Tintagel? Ah! Senhores, levai-me!

Ele embarca. Um vento favorável infla a vela, a nave corre sobre as ondas. Por cinco noites e cinco dias, ela navegou rumo à Cornualha e, no sexto dia, ancorou no porto de Tintagel.

Para além do porto, o castelo erguia-se à beira-mar, bem cerrado por todos os lados. Só se podia penetrá-lo por uma única porta de ferro, e dois vigias montavam-lhe guarda dia e noite. Como entrar ali?

Tristão desceu da nau e sentou-se na praia. Soube por um homem que passava que Marc se encontrava no castelo e que acabara de reunir uma grande assembleia.

— Mas onde está a rainha? E Brangien, sua bela criada?

— Também estão em Tintagel, e vi-as recentemente: a rainha Isolda parecia triste, como sempre.

Ao ouvir o nome de Isolda, Tristão suspirou e pensou que nem por astúcia nem por bravura seria capaz de ver sua amiga novamente: pois o rei Marc o mataria...

"Mas que importa que ele me mate? Isolda, não devo morrer por vosso amor? E que faço eu a cada dia, senão morrer? Mas vós, Isolda, no entanto, se soubésseis que aqui estou, vos dignaríeis a falar com vosso amigo? Não me faríeis ser expulso por vossos senhores? Sim, quero tentar um ardil... Vou disfarçar-me de louco, e essa loucura será grande sabedoria. Quem me considerar estúpido será menos sábio do que eu, quem me considerar insano terá mais insanidade em sua própria casa."

Aproximava-se um pescador, vestindo uma capa de lã de cabra com um grande capuz. Tristão avista-o, faz-lhe um sinal, fala-lhe a um canto:

— Amigo, queres trocar teus trapos pelos meus? Dá-me tua capa, que muito me agrada.

O pescador olhou as roupas de Tristão, achou-as melhores do que as suas, pegou-as imediatamente e partiu com rapidez, feliz com a troca.

Em seguida, Tristão cortou sua bela cabeleira loura, rente à cabeça, desenhando-lhe uma cruz. Cobriu o rosto com um líquido feito com uma erva mágica de seu país e, de súbito, a cor e a aparência de suas faces mudaram de maneira tão estranha que nenhum homem no mundo seria capaz de reconhecê-lo. Arrancou um broto de castanheira de uma sebe, fez uma clava com ele e pendurou-o ao pescoço. Descalço, encaminhou-se para o castelo.

O vigilante acreditou que, certamente, tratava-se de um louco e disse-lhe:

— Aproximai-vos; onde, então, ficastes por tanto tempo?

Tristão disfarçou a voz, respondendo:

— Nas núpcias do abade do Monte, que é meu amigo. Ele casou-se com uma abadessa, uma dama gorda de véu. De Besançon até o Monte, todos os padres, abades, monges e clérigos ordenados foram convocados para esse casamento. E todos na charneca, carregando cajados e cruzes, pulam, brincam e dançam à sombra das grandes árvores. Mas deixei-os para vir aqui: pois hoje devo servir à mesa do rei.

O vigilante disse-lhe:

— Entra, pois, meu senhor, filho de Urgan, o Peludo; sois grande e peludo como ele e pareceis-vos muito com vosso pai.

Quando ele entrou no burgo, brincando com sua clava, criados e escudeiros reuniram-se à sua passagem, perseguindo-o como a um lobo:

— Vede o louco! Ha! Ha! Ha!

Jogam-lhe pedras, atacam-no com seus bastões; mas ele enfrenta-os às cambalhotas e deixa-se levar: se atacam-no à esquerda, ele vira-se e bate à sua direita.

Em meio a risos e vaias, arrastando atrás de si a multidão exaltada, ele alcançou a soleira da porta onde, sob o dossel, ao lado da rainha, estava sentado o rei Marc. Aproximou-se da porta, pendurou a clava ao pescoço e entrou. O rei viu-o e disse:

— Eis um bom companheiro; traga-o para perto.

Levam-no, a clava ao pescoço.

— Amigo, sede bem-vindo!

Tristão respondeu, com sua voz estranhamente dissimulada:

— *Sire*, bom e nobre entre todos os reis, sabia que, à vossa vista, meu coração se derreteria de ternura. Que Deus vos proteja, belo *sire*!

— Amigo, que viestes buscar aqui?

— Isolda, a quem tanto amei. Trago-vos uma irmã, a belíssima Brunehaut. A rainha aborrece-vos, testai esta aqui: façamos a troca, dou-vos minha irmã, dai-me Isolda, eu a tomarei e vos servirei por amor.

O rei riu-se daquilo e disse ao louco:

— Se eu te der a rainha, o que vais querer fazer com ela? Para onde a levarás?

— Lá no alto, entre o céu e a nuvem, na minha bela casa de vidro. O sol atravessa-a com seus raios, os ventos não podem sacudi-la. Para lá levarei a rainha, para um quarto de cristal, todo enfeitado com rosas, todo luminoso pela manhã quando o sol o atinge.

O rei e seus barões disseram uns aos outros:

— Eis aqui um bom tolo, hábil com as palavras!

Ele sentara-se sobre um tapete e olhava ternamente para Isolda.

— Amigo — diz-lhe Marc —, de onde vem tua esperança de que minha senhora cuide de um louco horroroso como tu?

— *Sire*, bem que tenho esse direito; fiz grandes obras por ela, e foi por ela que enlouqueci.

— Então, quem és tu?

— Eu sou Tristão, aquele que tanto amou a rainha e que a amará até a morte.

Ao ouvir tal nome, Isolda suspirou, mudou de cor e, furiosa, disse-lhe:

— Vai embora! Quem te trouxe aqui? Vai embora, louco malvado!

O louco percebeu sua cólera e disse:

— Rainha Isolda, não vos lembrais do dia em que, ferido pela espada envenenada do Morholt, carregando minha harpa pelo mar, fui levado até vossas praias? Vós me curastes. Não vos lembrais mais disso, rainha?

Isolda respondeu:

— Some daqui, louco, tuas brincadeiras não me agradam, e nem tu.

Imediatamente, o louco voltou-se para os barões, perseguindo-os até a porta e gritando:

— Homens tolos, fora daqui! Deixai-me sozinho para aconselhar-me com Isolda; pois vim até aqui por amá-la.

O rei riu-se daquilo, Isolda corou:

— *Sire*, enxotai este louco!

Mas o louco voltou a falar, com sua voz estranha:

— Rainha Isolda, não vos lembrais do grande dragão que eu matei em vossa terra? Escondi sua língua em minha perneira e, completamente queimado por seu veneno, caí perto do pântano. Era então um maravilhoso cavaleiro!... E esperava a morte quando me resgatastes.

Isolda responde:

— Cala-te, estás insultando os cavaleiros, pois não passas de um louco de nascença. Amaldiçoados sejam os marinheiros que te trouxeram para cá, em vez de jogarem-te no mar!

O louco desatou a rir e continuou:

— Rainha Isolda, não vos lembrais do banho em que queríeis matar-me com minha espada? E da história dos cabelos de ouro que vos acalmou? E de como vos defendi contra o senescal covarde?

— Calai-vos, perverso narrador! Por que vindes aqui recitar vossos devaneios? Estáveis embriagado ontem à noite, sem dúvida, e a embriaguez deu-vos tais sonhos.

— É verdade, estou embriagado e de uma bebida tal que esta embriaguez nunca passará. Rainha Isolda, não vos lembrais daquele dia tão lindo e tão quente em alto-mar? Tínheis sede, não vos lembrais, filha do rei? Nós dois bebemos do mesmo cálice. Desde então, sempre estive bêbado, de uma embriaguez perversa...

Quando Isolda ouviu tais palavras, que apenas ela podia compreender, escondeu a cabeça no manto, levantou-se e quis partir. Mas o rei segurou-a pela capa de arminho e fez com que ela se sentasse ao seu lado.

— Esperai um pouco, amiga Isolda, para que ouçamos essas loucuras até o fim. Louco, que ofício sabes fazer?

— Tenho servido reis e condes.

— Na verdade, sabes caçar com cães? Com pássaros?

— Certamente, quando me agrada caçar na floresta, sei pegar, com meus galgos, os grous que voam nas nuvens; com meus perdigueiros, os cisnes, os gansos escuros ou brancos, os pombos selvagens; com meu arco, as mobelhas e os abetouros[25]!

Todos riram a valer, e o rei perguntou:

— E o que apanhas, irmão, quando caças no rio?

— Apanho tudo que encontro. Com meus açores, os lobos da floresta e os grandes ursos; com meus falcões-gerifaltes, os javalis; com meus falcões, corças e gamos; as raposas, com meus gaviões; as lebres, com meus esmerilhões[26]. E, quando volto para o lugar onde me hospedam, sei me virar com minha clava, partilhar as brasas entre os escudeiros, afinar minha harpa, e cantar ao som da música, e amar rainhas, e jogar lascas bem cortadas nos riachos. Na verdade, não sou eu um bom menestrel? Hoje, vistes como sei lutar com meu cajado.

E ele bate com sua clava ao redor de si.

— Fora daqui — grita ele —, senhores da Cornualha! Por que continuar aqui? Já não comestes? Não vos saciastes?

O rei, tendo-se entretido com o louco, pediu seu corcel e seus falcões e levou para a caçada seus cavaleiros e escudeiros.

— *Sire* — disse-lhe Isolda —, sinto-me cansada e triste. Permiti-me ir descansar em meu quarto; não posso mais ouvir essas loucuras.

---

25 Aves nativas do continente europeu. (N. do T.)
26 Açores e esmerilhões, assim como todas as aves citadas, são aves de rapina do Hemisfério Norte. (N. do T.)

Ela retirou-se bastante pensativa para seu quarto, sentou-se na cama e foi tomada por uma grande tristeza:

— Fraca! Por que nasci? Tenho o coração pesado e arrasado. Brangien, cara irmã, minha vida é tão pungente e dura que seria melhor morrer! Lá está um louco, com a cabeça raspada em cruz, que chegou em má hora: esse louco, esse menestrel ou é um feiticeiro ou adivinho, pois conhece tudo sobre meu ser e minha vida. Ele sabe coisas que ninguém sabe, a não ser vós, Tristão e eu. Sabe tudo, o malfeitor, por encanto ou sortilégio.

Brangien respondeu:

— Não seria ele o próprio Tristão?

— Não, pois Tristão é belo e o melhor dos cavaleiros; mas este homem é horrendo e disforme. Que Deus o amaldiçoe! Maldita seja a hora em que ele nasceu, e maldita a nau que o trouxe, em vez de afogá-lo lá longe, sob as ondas profundas!

— Acalmai-vos, minha senhora — diz Brangien. — Vós sabeis muito bem como amaldiçoar e excomungar. Onde aprendestes este ofício? Mas talvez esse homem seja o mensageiro de Tristão?

— Acredito que não, não o reconheci. Mas ide procurá-lo, bela amiga, falai com ele, vede se o reconheceis.

Brangien foi para a sala onde o louco, sentado em um banco, era o único que restara. Tristão reconheceu-a, deixou cair sua clava e disse:

— Brangien, franca Brangien, imploro-vos em nome de Deus, tende piedade de mim!

— Louco horroroso, quem diabos ensinou-vos meu nome?

— Bela, há muito tempo que o aprendi! Pelo meu crânio, que era louro no passado. Se a razão fugiu desta cabeça, sois vós, bela, a causa. Não éreis vós que devíeis guardar a beberagem que bebi em alto-mar? Bebi-a sob grande calor, em um cálice de prata e entreguei-a a Isolda. Só vós sabíeis disso, bela; não vos lembrais mais?

— Não! — respondeu Brangien e, bastante perturbada, voltou ao quarto de Isolda.

Mas o louco precipitou-se atrás dela, gritando:

— Piedade!

Ele entra, vê Isolda, lança-se em sua direção com os braços estendidos, quer abraçá-la contra o peito; mas, envergonhada, encharcada por um suor de angústia, ela se joga para trás, esquiva-se dele e, vendo que ela evita sua aproximação, Tristão treme de remorso e cólera, recua até a parede e, com sua voz sempre alterada:

— Certamente — disse ele — já vivi tempo demais, pois vi o dia em que Isolda me rejeita, não se digna a me amar, considera-me vil! Ah! Isolda, quem muito ama esquece-se tarde! Isolda, é bela e preciosa aquela fonte abundante que jorra e corre em ondas grandes e límpidas: no dia em que seca, já não vale mais nada, tal qual um amor que se esvai.

Isolda respondeu:

— Irmão, olho-vos, duvido, estremeço, não sei, não reconheço Tristão.

— Rainha Isolda, eu sou Tristão, aquele que tanto vos amou. Não vos lembrais do ano que espalhou farinha entre nossas camas? E do salto que dei, do sangue que escorreu de minha ferida? E do presente que vos enviei, o cachorro Petit-Crû com o guizo mágico? Não vos lembrais das lascas de madeira bem cortadas que eu jogava no riacho?

Isolda olha-o, suspira, não sabe o que dizer nem em que

acreditar, vê bem que ele sabe de tudo, mas seria loucura admitir que ele é Tristão; e Tristão lhe diz:

— Senhora rainha, sei muito bem que vos afastastes de mim e acuso-vos de traição. Conheci, no entanto, bela, dias em que me amáveis com amor. Era na floresta profunda, sob a cabana de folhagens. Lembrai-vos ainda do dia em que vos dei meu bom cachorro Husdent? Ah! Aquele sempre me amou e por mim abandonaria Isolda, a Loura. Onde está ele? O que fizestes dele? Ele, pelo menos, me reconheceria.

— Ele vos reconheceria? Dizeis loucura; pois, desde que Tristão partiu, ele fica ali, deitado em sua casinha e avança contra qualquer homem que se aproxime dele. Brangien, trazei-o para mim.

Brangien traz o cachorro.

— Vem aqui, Husdent — diz Tristão —, eras meu, aceito-te de volta.

Quando Husdent ouve sua voz, faz voar a guia das mãos de Brangien, corre para seu dono, rola a seus pés, lambe-lhe as mãos, late de alegria.

— Husdent — exclama o louco —, bendito seja, Husdent, o trabalho que tive para alimentar-te! Recebeste-me melhor do que aquela que eu tanto amava. Ela não quer me reconhecer. Reconhecerá ela apenas este anel que me deu há muito tempo, entre lágrimas e beijos, no dia da separação? Esse pequeno anel de jaspe nunca me deixou. Muitas vezes pedi-lhe conselhos em meus tormentos, muitas vezes molhei esse jaspe verde com minhas lágrimas quentes.

Isolda viu o anel. Ela abre bem os braços:

— Eis-me aqui! Toma-me, Tristão!

Então, Tristão parou de alterar sua voz:

— Amiga, como pudeste não me reconhecer por tanto tempo, mais tempo do que este cachorro? Que importa este anel? Não sentes que me teria sido mais doce ser reconhecido pela mera lembrança de nossos amores passados? Que importa o som da minha voz? É o som do meu coração que devias ouvir.

— Amigo — disse Isolda —, talvez eu tenha ouvido antes do que pensas; mas estamos rodeados de armadilhas: devia eu, como este cão, seguir meu desejo, correndo o risco de que sejas preso e morto sob meus olhos? Eu me protegia e protegia a ti. Nem a lembrança de tua vida passada, nem o som de tua voz, nem mesmo este anel não me provam nada, pois podem ser os truques perversos de um feiticeiro. Eu me rendo, no entanto, ao ver o anel. Não jurei que, assim que o visse de novo, mesmo que me perdesse, faria tudo que me dissesses, quer fosse sabedoria ou loucura? Sabedoria ou loucura, aqui estou eu; toma-me, Tristão!

Ela caiu, desfalecida, no peito do amigo. Quando voltou a si, Tristão abraçava-a e beijava seus olhos e seu rosto. Entra com ela sob o cortinado. Entre seus braços, segura a rainha.

Para divertirem-se com o louco, os criados alojaram-no sob os degraus da sala, como um cachorro em um canil. Ele suportava gentilmente suas provocações e golpes, pois, às vezes, recuperando sua forma e sua beleza, passava de seu buraco ao quarto da rainha.

Mas, passados alguns dias, duas camareiras suspeitaram da fraude; avisaram Andret, que colocou três espiões bem armados diante dos aposentos das mulheres. Quando Tristão quis passar pela porta:

— Para trás, louco — gritaram eles —, volta a deitar-te no teu monte de palha!

— Ora, ora, belos senhores — disse o louco —, não é preciso que eu vá beijar a rainha esta noite? Não sabeis vós que ela me ama e que está à minha espera?

Tristão brandiu sua clava. Eles tiveram medo e deixaram-no entrar. Ele tomou Isolda nos braços:

— Amiga, é preciso que eu fuja agora mesmo, pois logo serei descoberto. Devo fugir e, sem dúvida, nunca mais voltarei. Minha morte é iminente: longe de vós, morrerei por meu desejo.

— Amigo, fecha teus braços e abraça-me tão forte que, nesse abraço, nossos dois corações se quebrem e nossas almas se partam em pedaços! Leva-me ao afortunado país de que me falavas no passado: ao país do qual ninguém retorna, onde músicos distintos cantam cânticos sem fim. Leva-me!

— Sim, eu a levarei ao país afortunado dos vivos. Aproxima-se a hora; já não bebemos toda a miséria e toda a alegria? Aproxima-se a hora; quando tudo for resolvido, se eu te chamar, Isolda, tu virás?

— Amigo, chama-me! Sabes bem, eu irei!

— Amiga! Que Deus te recompense por isso!

Assim que ele cruzou a soleira, os espiões lançaram-se sobre ele. Mas o louco soltou uma gargalhada, girou sua clava e disse:

— Vós me expulsais, belos senhores, por quê? Não tenho mais nada a fazer aqui, pois minha senhora está mandando-me para longe, para preparar a casa cintilante que lhe prometi, a casa de cristal, repleta de rosas, luminosa pela manhã quando o sol a atinge!

— Vai embora, então, louco, que já vais em má hora!

Os criados afastaram-se, e o louco, sem pressa, partiu dançando.

XIX.

A MORTE

Amor condusse noi ad una morte.
— Dante, *Inferno*, cap. V

Mal acabara de retornar à Bretanha, em Carhaix, aconteceu que Tristão, para ajudar seu caro companheiro Kaherdin, foi guerrear contra um barão chamado Bedalis. Caiu em uma emboscada armada por Bedalis e seus irmãos. Tristão matou os sete irmãos. Mas foi ele próprio ferido por um golpe de lança, que estava envenenada.

Voltou com grande dificuldade para o castelo de Carhaix e mandou que examinassem seus ferimentos. Os médicos vieram numerosos, mas nenhum deles soube curá-lo do veneno, pois nem mesmo descobriram qual era. Não souberam fazer nenhum emplastro para atrair o veneno para fora. Em vão amassam e trituram suas raízes, colhem ervas, compõem beberagens: Tristão só piora, o veneno espalha-se por seu corpo, ele empalidece, e seus ossos começam a aparecer.

Ele sentiu que sua vida se esvaía, compreendeu que deveria morrer. Então, quis rever Isolda, a Loura. Mas como chegar até ela? Está tão fraco que o mar o mataria; e, mesmo que alcançasse a Cornualha, como escapar de seus inimigos por lá? Lamenta-se, o veneno angustia-o, ele espera a morte.

Convocou Kaherdin em segredo para revelar-lhe sua dor, pois ambos se amavam com amor leal. Não quis ninguém em seu quarto, exceto Kaherdin, e não queria ninguém nem mesmo nos aposentos vizinhos. Isolda, sua esposa, ficou surpresa em seu coração com aquela estranha vontade. Estava apavorada e quis escutar a conversa. Inclinou-se, fora do quarto, contra a parede que tocava o leito de Tristão. Ela ouve. Um de seus fiéis, para que ninguém a surpreenda, vigia do lado de fora.

Tristão junta suas forças, levanta-se, apoia-se na parede, Kaherdin senta-se ao seu lado, e os dois choram juntos, com ternura. Choram sua boa camaradagem em armas, tão cedo interrompida, sua grande amizade e seus amores; e um lamenta-se com o outro.

— Belo e doce amigo — diz Tristão —, estou em uma terra estrangeira, onde não tenho nem pais nem amigos, além de vós. Apenas vós, nestes domínios, me destes alegria e consolo. Perco minha vida, gostaria de rever Isolda, a Loura. Mas como, por meio de que ardil, fazê-la saber de minha necessidade? Ah! Se eu conhecesse um mensageiro que quisesse ir até ela, ela viria, de tanto que me ama! Kaherdin, belo companheiro, pela nossa amizade, pela nobreza de vosso coração, por nosso companheirismo, peço-vos: empreendei por mim essa aventura e, se levardes minha mensagem, serei vosso devoto e vos amarei acima de todos os homens.

Kaherdin vê Tristão chorar, desconsolar-se, lamentar-se. Seu coração amoleceu de ternura. Ele responde com doçura, por amor:

— Belo companheiro, não choreis mais; farei tudo que desejardes. Certamente, amigo, por vosso amor, partiria em uma aventura mortal. Nenhuma aflição, nenhuma angústia me impedirão de agir de acordo com meu poder. Dizei o que quereis que diga à rainha, e faço meus preparativos.

Tristão respondeu:

— Amigo, agradeço-vos! Ora, ouvi meu pedido. Pegai este anel: é um sinal entre ela e mim. E, quando chegardes a sua terra, fazei-vos passar por um mercador. Apresentai-lhe alguns tecidos de seda, fazei com que ela veja este anel: imediatamente ela procurará alguma artimanha para falar-vos em segredo. Então, dizei-lhe que meu coração a saúda; que apenas ela pode me trazer algum consolo; dizei-lhe que, caso ela não venha, eu morrerei; dizei-lhe que se lembre de nossos prazeres passados, e das grandes dores, e das grandes tristezas, e das alegrias, e das doçuras de nosso amor leal e terno; que ela se lembre da beberagem que bebemos juntos no mar; ah! Foi à nossa morte que a bebemos! Que ela se lembre do juramento que lhe fiz de nunca amar ninguém além dela: cumpri tal promessa!

Atrás da parede, Isolda de Brancas Mãos ouviu essas palavras. Ela quase desfaleceu.

— Apressai-vos, companheiro, e voltai logo para mim. Se demorardes, nunca mais me vereis. Em um prazo de quarenta dias, trazei Isolda, a Loura. Ocultai a partida de vossa irmã ou dizei-lhe que ides buscar um médico. Levareis minha bela nau. Levai convosco duas velas, uma branca e outra preta. Se trouxerdes a rainha Isolda, içai a vela branca ao retornar; se não a trouxerdes de volta, navegai com a vela preta. Amigo, não tenho mais nada a vos dizer: que Deus vos guie e vos traga de volta são e salvo!

Ele suspira, chora e se lamenta, e Kaherdin chora igualmente, beija Tristão e despede-se.

Ao primeiro vento, pôs-se no mar. Os marinheiros içaram as âncoras, levantaram a vela, singraram em meio a um vento brando, e sua proa cortou as ondas altas e profundas. Eles levavam ricas mercadorias: lençóis de seda tingidos com cores raras, finas louças de Tours, vinhos de Poitou, falcões-gerifaltes da Espanha e, com esse ardil, Kaherdin pensava conseguir chegar até Isolda. Por oito dias e oito noites, eles rasgaram as ondas e navegaram a toda velocidade em direção à Cornualha.

Cólera de mulher é algo temível, e que todos se precavenham! Onde uma mulher mais amou é também onde ela se vingará da maneira mais cruel. O amor das mulheres surge rápido, e rapidamente vem seu ódio; e sua inimizade, uma vez que apareça, dura mais do que a amizade. Elas sabem como temperar o amor, mas não o ódio. Em pé contra a parede, Isolda de Brancas Mãos ouvira cada palavra. Ela amara tanto Tristão!... Finalmente sabia de seu amor por outra mulher. Reteve tudo que escutara. Se um dia ela puder, se vingará do que mais ama no mundo! No entanto, ela nada demonstrou e, assim que as portas foram reabertas, entrou no quarto de Tristão, escondendo sua raiva, e continuou a servi-lo e a tratá-lo bem, como convinha a uma amante. Falava-lhe com doçura, beijava-o nos lábios e perguntava-lhe se Kaherdin voltaria logo com o médico que deveria curá-lo... Mas estava sempre procurando sua vingança.

Kaherdin não cessou de navegar até lançar âncora no porto de Tintagel. Tomou em mãos um grande açor, um lençol de cor rara, uma taça bem esmerada: ofereceu-os de presente ao rei Marc e gentilmente pediu-lhe sua proteção e sua paz, para que pudesse negociar em sua terra, sem temer prejudicar um camareiro ou um visconde. E o rei assim concedeu-lhe, diante de todos os homens de seu palácio.

Então, Kaherdin ofereceu à rainha uma bela presilha de ouro:

— Rainha — disse ele —, o ouro da presilha é bom. — E, removendo o anel de Tristão de seu dedo, colocou-o ao lado da joia. — Vede, rainha; o ouro desta presilha é mais rico e, no entanto, o ouro deste anel tem bem seu valor.

Quando Isolda reconheceu o anel de jaspe verde, seu coração estremeceu, sua cor mudou e, temendo o que estava prestes a ouvir, puxou Kaherdin a um canto, perto de uma janela, como se quisesse ver melhor e negociar a presilha. Kaherdin disse-lhe simplesmente:

— Senhora, Tristão foi ferido por uma espada envenenada e vai morrer. Manda dizer-vos que somente vós podeis consolar-lhe. Ele vos lembra das grandes tristezas e dores sofridas juntos. Guardai este anel que ele vos oferece.

Isolda respondeu, esmaecendo:

— Amigo, vos seguirei. Amanhã, pela manhã, que vossa nau esteja pronta para zarpar.

No dia seguinte, pela manhã, a rainha disse que queria caçar com falcões e mandou preparar seus cães e suas aves. Mas o duque Andret, sempre de vigia, acompanhou-a. Quando estavam nos campos, não muito longe da beira do mar, um faisão apareceu. Andret soltou um falcão para pegá-lo, mas o tempo estava claro e belo, o falcão levantou voo e desapareceu.

— Vede, *sire* Andret — disse a rainha —, o falcão empoleirado lá, no porto, sobre o mastro de uma nau que eu não conheço. A quem ela pertence?

— Senhora — disse Andret —, é a nau daquele comerciante da Bretanha, que ontem presenteou-vos com uma presilha de ouro. Vamos lá reaver nosso falcão.

Kaherdin havia lançado uma prancha, como uma pequena ponte, de sua nau à costa. Veio ao encontro da rainha:

— Senhora, por favor, entraríeis em minha nau para que eu vos mostre minhas ricas mercadorias?

— De bom grado, *sire* — disse a rainha.

Ela desmonta do cavalo, dirige-se à prancha, atravessa-a, entra na nau. Andret quer segui-la e sobe na prancha: mas Kaherdin, de pé sobre a amurada, atinge-o com seu remo. Andret tropeça e cai no mar; tenta reassumir o controle. Kaherdin atinge-o mais uma vez com golpes de remo, afunda-o sob as águas e grita:

— Morre, traidor! Eis a paga por todo o mal que causaste a Tristão e à rainha Isolda!

E, assim, Deus vingou os amantes daqueles desleais que tanto os odiaram! Estão mortos todos os quatro: Guenelon, Gondoïne, Denoalen e Andret.

A âncora foi levantada, o mastro elevado, a vela esticada. O vento fresco da manhã sussurrava nas cordas e inflava as velas. Fora do porto, em direção ao alto-mar, toda branca e luminosa sob os raios do sol, avançou a nau.

Em Carhaix, Tristão definha. Ele anseia pela vinda de Isolda. Nada mais o consola e, se ainda vive, é porque a aguarda. Todos os dias, mandava alguém para a praia para ver se a nau voltava e a cor de sua vela. Nenhum outro desejo habitava seu coração. Logo fez com que o levassem à falésia de Penmarch e, enquanto o sol continuava no horizonte, seguia a olhar para o mar ao longe.

Ouvi, senhores, uma aventura dolorosa e lamentável para todos os que amam. Isolda já se aproximava. A falésia de Penmarch já se erguia ao longe, e a nau navegava com mais alegria. De repente, um vento de tempestade cresceu, bateu em cheio contra a vela e fez a nau girar sobre si mesma. Os marinheiros correm para a direção do vento e, contra a vontade, viram a nau no sentido oposto. O vento sopra forte, as ondas profundas agitam-se, o ar afunda-se nas trevas, o mar escurece, a chuva desaba em rajadas. Cordas e amarras rompem-se, os marinheiros abaixam a vela e emborcam na direção das ondas e do vento. Para sua desgraça, esqueceram-se de içar a bordo o barco amarrado à popa, paralelo ao rastro da nau. Uma onda despedaça-o e leva-o embora.

Isolda exclama:

— Ai de mim! Miserável! Deus não quer que eu viva o suficiente para ver Tristão, meu amigo, uma vez mais, uma vez que seja; Ele quer que eu me afogue neste mar. Tristão, se eu vos tivesse falado mais uma vez, não me importaria em morrer depois. Amigo, se não vou até vós, é porque Deus não o quer, e essa é minha pior aflição. Minha morte não é nada para mim: visto que Deus assim o quer, eu a aceito; mas, amigo, quando vós souberdes, morrereis, bem o sei. Nosso amor é tal que não podeis morrer sem mim, nem eu sem vós. Vejo vossa morte diante de mim, ao mesmo tempo que a minha própria. Ai de mim! Amigo, fracassei em meu desejo. Queria morrer em vossos braços, ser enterrada em vosso caixão; mas fracassamos. Vou morrer sozinha e, sem vós, desaparecer no mar. Talvez nem sabereis de minha morte e vivereis ainda, sempre esperando a minha vinda. Se Deus assim quiser, até mesmo sereis curado... Ah! Talvez, depois de mim, amareis outra mulher, talvez chegareis a amar Isolda de Brancas Mãos! Eu não sei o que será de vós: quanto a mim, amigo, se vos soubesse morto, dificilmente continuaria viva. Que Deus nos conceda, amigo, ou que eu vos cure ou que morramos ambos da mesma angústia!

Assim lamentou a rainha, enquanto durou a tormenta. Mas depois de cinco dias, a tempestade abrandou-se. No alto do mastro, Kaherdin içou alegremente a vela branca, para que Tristão pudesse reconhecer de longe sua cor. Kaherdin já vê a Bretanha... Que miséria! Quase imediatamente, a calmaria seguiu-se à tempestade, o mar ficou manso e plano, o vento parou de inflar a vela, e os marinheiros emborcaram em vão, para cima e para baixo, para trás e para a frente. Ao longe, podiam ver a costa, mas a tempestade havia carregado seu barco, de modo que não conseguiam aportar. Na terceira noite, Isolda sonhou que segurava no colo um enorme javali, que manchava de sangue seu vestido e, por isso, soube que nunca mais veria seu amigo com vida.

Tristão já estava fraco demais para vigiar a falésia de Penmarch e, fazia muitos dias, fechado longe da praia, chorava por Isolda não ter aparecido. Triste e cansado, queixa-se, suspira, agita-se; falta pouco para morrer seu desejo.

Por fim, o vento soprou e a vela branca apareceu. Então, Isolda de Brancas Mãos vingou-se.

Ela vem até o leito de Tristão e diz:

— Amigo, Kaherdin aproxima-se. Vi sua nau no mar; ela avança com grande dificuldade; ainda assim, consegui reconhecê-la. Que ele possa trazer o que deve vos curar!

Tristão estremece:

— Bela amiga, tendes certeza de que é sua nau? Dizei-me como é a vela.

— Bem a vi, abriram-na e içaram-na muito alto, pois há pouco vento. Sabei que é completamente preta.

Tristão virou-se para a parede e disse:

— Não posso mais reter minha vida por muito tempo.

— Disse ele três vezes: — Isolda, amiga! — Na quarta, confiou sua alma.

Então, pela casa, choraram os cavaleiros, os companheiros de Tristão. Tiraram-no de seu leito, estenderam-no sobre uma rica tapeçaria e cobriram seu corpo com uma mortalha.

No mar, o vento levantara e atingia a vela em cheio. Empurrou a nau para a terra. Isolda, a Loura, desembarcou. Ela ouviu grandes lamentos pelas ruas e os sinos soando nos monastérios, nas capelas. Pergunta às pessoas do país o porquê daquelas badaladas, o porquê daqueles prantos.

Um velho disse-lhe:

— Senhora, temos muita dor. Tristão, o Leal, o Valente, está morto. Ele era generoso com os necessitados, caridoso com os sofredores. É o pior desastre que já recaiu sobre este país.

Isolda escuta-o, não é capaz de dizer uma só palavra. Sobe para o palácio. Segue pela rua, a capa desamarrada. Os bretões ficaram maravilhados ao vê-la; nunca haviam visto mulher de tamanha beleza. Quem é ela? De onde vem?

Junto a Tristão, Isolda de Brancas Mãos, enlouquecida pelo mal que causara, soltava fortes gritos sobre o cadáver. A outra Isolda entrou e disse-lhe:

— Senhora, levantai-vos e deixai aproximar-me. Tenho mais direitos de chorar por ele do que vós, acreditai-me. Amei-o mais.

Ela virou-se para o oriente e rogou a Deus. Então, descobriu um pouco o corpo, estendeu-se ao seu lado, ao longo de seu amigo, beijou-lhe a boca e o rosto e abraçou-o com força: corpo contra corpo, boca contra boca, assim ela confiou sua alma, morreu junto a ele, de dor por seu amigo.

Quando o rei Marc soube da morte dos amantes, cruzou o

mar e, vindo para a Bretanha, mandou fazer dois caixões, um de calcedônia, para Isolda, e o outro de berilo[27], para Tristão. Levou seus corpos amados para Tintagel, em sua nau. Junto a uma capela, à esquerda e à direita da abside, sepultou-os em dois túmulos. Durante a noite, do túmulo de Tristão brotou um espinheiro verde e frondoso, com ramos fortes e flores perfumadas, que, erguendo-se acima da capela, afundou-se no túmulo de Isolda. As pessoas do país cortaram a planta. No dia seguinte, ela renasceu, tão verde, tão florida, tão viva quanto antes e mergulhou novamente no leito de Isolda, a Loura. Por três vezes, tentaram destruí-la; em vão. Por fim, relataram a maravilha ao rei Marc: o rei proibiu o corte da planta dali em diante.

Senhores, os bons trovadores de outrora, Béroul e Tomás, e monsenhor Eilhart e mestre Gottfried contaram esta história para todos aqueles que amam, não para os outros. Eles transmitem-vos suas saudações através de mim. Saúdam aqueles que são contemplativos e aqueles que são felizes, os descontentes e os ansiosos, aqueles que estão em júbilo e os que têm preocupações, todos os amantes. Que possam encontrar aqui consolo contra a inconstância, contra a injustiça, contra a decepção, contra a dor, contra todos os males do amor!

---

27 Calcedônia e berilo são pedras semipreciosas derivadas da sílica e do alumínio, respectivamente. (N. do T.)

Impresso e Acabamento
Gráfica Ouvino

Impressão e Acabamento
Gráfica Oceano